A ridícula ideia de
nunca mais te ver

Rosa Montero

A ridícula ideia de
nunca mais te ver

tradução
Mariana Sanchez

todavia

Aos meus queridos, com amor.
Vocês sabem quem são, mesmo que eu não os cite.

A arte de fingir dor 9
A ridícula ideia de nunca mais te ver 21
Uma jovem estudante muito sábia 31
Pássaros com o peito palpitante 45
O fogo doméstico do suor e da febre 61
Elogio dos esquisitos 73
Radioatividade e geleias 83
A bruxa do caldeirão 89
Esmagando carvão com as próprias mãos 97
Questão de dedos 107
Mas eu me esforço 121
Um sorriso violentamente alentador 129
Velhas asas que se desfazem 153
A última vez que subimos uma montanha 159
Escondido no centro do silêncio 171
O canto de uma menina 175

Agradecimentos: Algumas palavras finais 185
Índice de *hashtags* 187

Apêndice: Diário de Marie Curie 189

A arte de fingir dor

Como não tive filhos, a coisa mais importante que me aconteceu na vida foram os meus mortos, e com isso me refiro à morte dos meus entes queridos. Talvez você ache isso lúgubre, mórbido. Eu não vejo assim. Muito pelo contrário: para mim é uma coisa tão lógica, tão natural, tão certa. Apenas em nascimentos e mortes é que saímos do tempo. A Terra detém sua rotação e as trivialidades com que desperdiçamos as horas caem no chão feito purpurina. Quando uma criança nasce ou uma pessoa morre, o presente se parte ao meio e nos permite espiar durante um instante pela fresta da verdade — monumental, ardente e impassível. Nunca nos sentimos tão autênticos quanto ao beirarmos essas fronteiras biológicas: temos a clara consciência de viver algo grandioso. Há muitos anos, quando entrevistava o jornalista Iñaki Gabilondo, ele me contou que a morte da sua primeira mulher, que faleceu bastante jovem de câncer, havia sido muito dura, sim, mas também a coisa mais transcendente que lhe acontecera. Suas palavras me impressionaram: ainda me lembro delas, embora eu tenha uma terrível memória de passarinho. Na época, pensei que tinha compreendido bem o que ele queria dizer, mas só depois de ter vivido a mesma experiência é que entendi melhor. Nem tudo é horrível na morte, embora pareça mentira (e me espanto ao me ouvir dizendo isso).

Mas este não é um livro sobre a morte.

Na verdade, não sei bem o que é ou o que será. Aqui está ele agora, na ponta dos meus dedos, umas poucas linhas num tablet, um amontoado de células eletrônicas ainda indeterminadas que poderiam ser abortadas com muita facilidade. Os livros nascem de um gérmen ínfimo, de um ovinho minúsculo, uma frase, uma imagem, uma intuição; e crescem como zigotos, organicamente, célula a célula, diferenciando-se em tecidos e em estruturas cada vez mais complexas até se transformarem numa criatura completa e geralmente inesperada. Confesso a você que tenho uma ideia do que desejo fazer com este texto, mas será que o projeto se manterá até o fim ou surgirá outra coisa? Sinto-me como o pastor daquela velha história, que entalha distraidamente um pedaço de madeira com sua navalha e, quando alguém lhe pergunta "que figura está fazendo?", ele responde: "Olhe, se sair com barba, são Francisco; se não, a Virgem Maria".

De qualquer modo, uma imagem sagrada.

A santa deste livro é Marie Curie. Sempre a achei uma mulher fascinante, algo com que quase todo mundo concorda, aliás, porque é um personagem incomum e romântico que parece maior do que sua própria vida. Uma polonesa espetacular que foi capaz de ganhar dois prêmios Nobel: um de física, em 1903, em parceria com o marido, Pierre Curie; outro de química, em 1911, sozinha. Com efeito, em toda a história do Nobel só houve outras três pessoas que ganharam duas distinções: Linus Pauling, Frederick Sanger e John Bardeen, e apenas Pauling em duas categorias distintas, como Marie. Mas Linus levou um prêmio de química e outro da paz, e é preciso reconhecer que este último vale bem menos (como se sabe, até Henry Kissinger tem um). Ou seja, Madame Curie permanece imbatível.

Além disso, Marie descobriu e mediu a radioatividade, esse atributo aterrador da Natureza, fulgurantes raios sobre-humanos que curam e matam, que fritam tumores cancerígenos na radioterapia ou calcinam corpos depois de uma deflagração atômica. É dela também a descoberta do polônio e do rádio, dois elementos muito mais ativos do que o urânio. O polônio, o primeiro que ela encontrou (por isso o batizou com o nome de seu país), foi logo ofuscado pela relevância do rádio, embora recentemente tenha virado moda como uma maneira eficiente de assassinar: lembremos a terrível morte do espião russo Aleksandr Litvinenko, em 2006, depois de ingerir polônio 210, ou o polêmico caso de Arafat (outro Nobel da paz inacreditável). De modo que as mãos de Marie Curie chegaram até mesmo a essas sinistras aplicações. Mas, bem ou mal, essa força devastadora está na própria base da construção do século XX, e provavelmente também do XXI. Vivemos tempos radioativos.

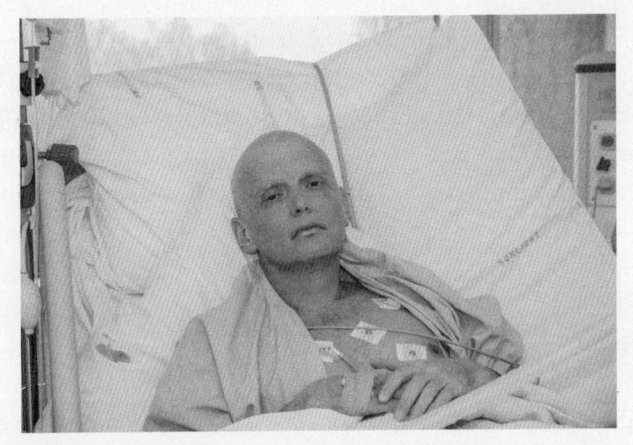

Litvinenko em seu leito de morte.

A dimensão profissional de Madame Curie foi uma raridade absoluta numa época em que não se permitia quase nada às mulheres. De fato, ainda hoje cientistas mulheres continuam relativamente escassas, e com certeza os prêmios ainda lhes são escamoteados. Desde o começo do Nobel até 2011, 786 homens ganharam o prêmio contra apenas 44 mulheres (pouco mais de 6%), sendo que a imensa maioria delas recebeu o Nobel da paz ou de literatura. Há apenas quatro laureadas em química e duas em física (incluindo a dobradinha de Curie, que eleva muito a porcentagem). Sem falar dos casos em que simplesmente lhes roubaram o Nobel, como aconteceu com Lise Meitner (1878-1968), que teve uma participação substancial na descoberta da fissão nuclear, embora o prêmio tenha sido dado em 1944 ao alemão Otto Hahn, que nem sequer a mencionou, porque, além de tudo, Lise era judia e aqueles eram tempos nazistas. Lise teve a sorte de viver o suficiente para começar a ser reivindicada e receber algumas homenagens na velhice — não sei se isso compensará a ferida de uma vida inteira.

Muito pior foi o que aconteceu a Rosalind Franklin (1920-58), eminente cientista britânica que descobriu os fundamentos da estrutura molecular do DNA. Wilkins, um colega de trabalho com quem ela mantinha uma relação conflituosa (ainda era um mundo muito machista), pegou as anotações de Rosalind e uma fotografia importante que a cientista conseguira tirar do DNA por meio de um processo complexo denominado difração de raios X e, sem que ela soubesse ou autorizasse, mostrou tudo a dois colegas, Watson e Crick, que trabalhavam na mesma área e, depois de se apropriar ilegalmente dessas descobertas, se basearam nelas para desenvolver seu próprio trabalho. Não se sabe se Rosalind chegou a ter conhecimento do "roubo" intelectual de que fora vítima; faleceu muito jovem, com 37 anos, de um câncer de ovário provavelmente causado pela exposição aos mesmos raios X que lhe permitiram vislumbrar as entranhas do DNA. Em 1962, quatro anos depois da morte de Franklin, Watson, Crick e Wilkins obtiveram o Nobel de medicina pelas suas descobertas sobre o DNA. Como não é possível ganhar o prêmio postumamente, Rosalind nunca o levou, embora com certeza o merecesse. Mas o mais vergonhoso é que nem Watson nem Crick mencionaram Franklin ou reconheceram sua contribuição. Enfim, uma história suja e triste, mas pelo menos conhecida. Pergunto-me quantos outros casos de espionagem, apropriação indevida e parasitismo podem ter ocorrido na história da Ciência sem que tenham chegado a se tornar públicos.

Esta é Rosalind Franklin: linda, não?

(Incrível: enquanto eu redigia estas linhas, uma amiga de Facebook, Sandra Castellanos, me mandou uma mensagem. Não nos conhecemos pessoalmente, só sei que ela mora no Canadá e é uma ótima escritora principiante, porque já li seus textos. Fazia meses que não nos falávamos e, de repente, saindo da flamejante vastidão cibernética, recebi a seguinte informação:

Olá, Rosa, vi isso e achei que você gostaria de saber.

De *Por amor a la física*, de Walter Lewin:

> Os desafios dos limites de nosso equipamento tornam ainda mais surpreendentes os resultados de Henrietta Swan Leavitt, uma astrônoma brilhante mas geralmente ignorada. Em 1908, Leavitt trabalhava no Observatório de Harvard, num cargo secundário, quando começou seu trabalho, que proporcionou um salto gigantesco na medição da distância até as estrelas.
>
> Esse tipo de coisa aconteceu com tanta frequência na história da Ciência que o fato de minimizar o talento, a inteligência e a contribuição das mulheres cientistas deveria ser considerado um erro sistêmico.

E ao final:

> Aconteceu com Lise Meitner, que participou da descoberta da fissão nuclear; com Rosalind Franklin, que contribuiu para descobrir a estrutura do DNA; com Jocelyn Bell, que descobriu os pulsares e deveria ter dividido em 1974 o prêmio Nobel dado a seu supervisor, Anthony Hewish.

Uau! Eu não sabia nada sobre Leavitt ou Jocelyn Bell, mas o que me deixou atônita foi a espetacular sincronia de momento e tema. E o que é mais inquietante: essas #coincidências que parecem mágicas são frequentes no terreno literário. Mas falaremos disso mais tarde.)

Eu estava preparando outro romance. Vinha fazendo anotações, lendo livros relacionados ao tema havia mais de dois anos. Estava deixando o zigoto crescer na minha cabeça. Finalmente dei início a ele, isto é, passei à ação: sentei-me em frente ao computador e comecei a digitar. Isso foi em novembro de

2011. A trama toda transcorre na selva, esse asfixiante, putrefato, enlouquecedor ventre vegetal. Escrevi os três primeiros capítulos, e gostei deles. Além do mais, sei tudo o que vai acontecer depois. E também gosto disso. Quer dizer, acho que pode ser emocionante para mim escrever esse romance. E, no entanto, no final de dezembro, deixei essa história de lado, talvez para sempre (espero que não). Em toda a minha vida, só abandonei um outro romance pela metade: foi em 1984, e àquela altura ele já estava com uma centena de páginas. Joguei-as fora, salvo as cinco ou seis primeiras, que publiquei em forma de conto com o título "A vida fácil" no meu livro *Amantes e inimigos*. Esse romance nunca mais voltará. Deixei de sentir os personagens, suas peripécias passaram a não me interessar, cansei do tema. Para poder escrever um romance, para suportar as tediosas e longas horas sentada que o trabalho implica, mês após mês, ano após ano, a história tem que manter borbulhas de luz na nossa cabeça. Cenas que são ilhas de emoção incandescente. E é pela ansiedade de chegar a uma dessas cenas — que, sem sabermos o motivo, nos deixam tiritando — que atravessamos meses de soberano e insuportável tédio ao teclado. De modo que a paisagem que vislumbramos ao começar uma obra de ficção é como um longo colar de escuridão iluminado aqui e ali por uma grande pérola iridescente. E vamos avançando com esforço pelo fio de sombras de uma conta à outra, atraídos como mariposas pelo brilho, até chegarmos à cena final, que, para mim, é a última dessas ilhas de luz, uma explosão radiante. É verdade que cada romance tem poucas pérolas: com sorte, com muita sorte mesmo, talvez umas dez. Mas já dá para nos virarmos com quatro ou cinco se forem suficientemente poderosas para nós, se forem embriagantes, se as sentirmos tão grandes que não caibam no nosso peito a ponto de pensarmos: preciso contar isso aqui. Porque, se não o fizermos, desconfiamos que a cena explodirá dentro da gente e acabaremos bufando pelas narinas.

E o que aconteceu com aquele romance de 1984 é que essa chama se apagou. Acabou-se a necessidade, o arrepio e o êxtase. Foi um verdadeiro aborto, e ainda por cima tão tardio — de uns cinco meses, digamos metaforicamente — que minha saúde literária foi abalada: me bateu *La Seca*, como dizia Donoso, e passei quase quatro anos sem conseguir escrever. Um maldito inferno, pois ao perder a escrita, perdi também o nexo com a vida. Sentia uma lassidão, uma distância da realidade, uma névoa que borrava tudo, como se eu não fosse capaz de me emocionar com o que vivia se não o elaborasse mentalmente através de palavras. Pensando bem, é possível que o grande Fernando Pessoa se referisse a isso nos seus célebres versos: "O poeta é um fingidor. Finge tão completamente que chega a fingir que é dor a dor que deveras sente". Talvez o escritor seja um sujeito mais ou menos louco que é incapaz de sentir a própria dor se não *fingir* ou construí-la com palavras. Com essas palavras que combinam, completam, consolam, que nos tornam calmos e conscientes de estar vivos. Caramba, todas as palavras saíram com C! Extraordinário. O cego tilintar do cérebro.

Não acho que meu relato da selva esteja tão morto como aquele de 1984 que acabou me bloqueando. Gosto de pensar que é uma simples falta de sintonia entre mim e o tema; não é o que eu quero contar agora; ou, quem sabe, preciso contar outra coisa. Aquele romance surgiu na minha cabeça durante os meses da doença do meu marido. É a trama mais obscura, mais desesperada e angustiante que já imaginei. E agora não me vejo ali. Não quero me enfiar ali. Não desejo passar o próximo ano presa naquela selva trituradora.

Eu estava nisso quando recebi um e-mail de Elena Ramírez, editora da Seix Barral. Ela propunha que eu fizesse um prólogo para Únicos, uma coleção de livrinhos muito curtos. O texto sobre o qual ela queria que eu falasse era o diário de Marie Curie, pouco mais de vinte páginas redigidas ao longo de doze meses após a morte de seu marido, que faleceu aos 47 anos atropelado por uma charrete. E a sábia, a bruxa, a maga Elena Ramírez dizia:

> Pensei em você porque o diário reflete com crueza explícita o luto de Marie pela perda do marido. Acho que, se você gostar da obra, pode fazer algo estupendo, a respeito dela ou da superação (se é que se pode chamar assim) do luto em geral. Acho até que, dependendo de sua imersão no livro e de como se sentir ao escrever, poderia ser um prólogo ou o corpo central, e o diário de Curie um complemento. Bem, deixo aberto a qualquer surpresa.

Li o texto. E me impressionou. Mais do que isso: me prendeu.
Mas este tampouco é um livro sobre o luto. Ou não só sobre o luto.
Comprei meia dúzia de biografias de Madame Curie, de quem eu já sabia algumas coisas, mas não muitas. E algo ainda sem forma começou a crescer na minha cabeça. Uma vontade de contar sua história à minha maneira, de usar sua vida como um parâmetro para entender a minha; e não estou falando de teorias feministas, mas de tentar desvendar qual é o #lugardamulher nesta sociedade em que os lugares tradicionais foram extintos (o homem também anda perdido, evidentemente, mas eles que explorem esse pântano). Vontade de perambular pelas esquinas do mundo, do meu mundo; e de refletir sobre uma série de #palavras que me despertam ecos, #palavras que ultimamente ficam dando voltas na minha cabeça como cães perdidos. Vontade de escrever como quem respira. Com naturalidade, com #leveza.

Quando eu era pequena, tive tuberculose. Fiquei sem ir à escola dos cinco aos nove anos e, segundo a lenda familiar, fui salva por um pediatra chamado dom Justo, que era um médico maravilhoso e um grande ser humano, e não cobrava quando não tínhamos dinheiro. Lembro-me bem das muitas visitas a dom Justo; vivíamos longe, precisávamos pegar um ônibus e eu sempre chegava enjoada (naquele tempo, quando quase ninguém tinha carro próprio e as pessoas viajavam pouco em veículos motorizados, era bastante comum passar mal ao entrar num automóvel). Nos fundos do consultório de dom Justo havia uma espécie de quartinho onde ficava a máquina de raio X. Inúmeras vezes, em todas as ocasiões que fui vê-lo, durante a doença e nos checkups dos anos seguintes, dom Justo me punha de pé na máquina, nua da cintura para cima porque tinha acabado de me auscultar. Fazia-me ficar bem reta, com as costas coladas no metal gelado, e depois aproximava do meu peito a placa de raios, também desagradavelmente fria. Eu apoiava o queixo na borda superior: o aparelho tinha um leve odor de ferro, um ranço que depois reconheci no cheiro de sangue. Dom Justo e minha mãe se punham diante da máquina sem nenhuma proteção e, depois de apagar a luz, o espetáculo começava; lembro da penumbra do consultório e de como os rostos do pediatra e da minha mãe se iluminavam com o brilho azulado dos raios. "Está vendo, dona Amalia?", dizia dom Justo, apontando para algum ponto do meu peito. "Aquela parte aparece mais branca porque a lesão está calcificando." Eles olhavam e conversavam animadamente por um tempo que me parecia muito longo, fascinados com o espetáculo do meu interior. Eu me sentia importante, mas também incômoda e inquieta: aquela escuridão, aquele fulgor espectral que parecia transformá-los em fantasmas, sem falar na ideia asquerosa de estarem vendo minhas tripas. Hoje, quando calculo a quantidade de radiações que devemos ter recebido o meu sangue congela, embora seja tranquilizador saber que dom Justo faleceu com quase cem anos e que minha mãe continua viva e guerreira aos 91. Tudo isso aconteceu no final dos anos 1950, começo da década de 1960; Marie Curie havia morrido, destruída pelo rádio, um quarto de século antes. Agora penso no brilho frio, que saía do meu peito como um ectoplasma, e no zumbido da máquina, e sinto uma proximidade enorme, uma estranha intimidade com aquela sisuda cientista polonesa. De algum modo, seu trabalho ajudou no meu diagnóstico e na minha cura. Sem falar que a mãe de Marie morreu de tuberculose. E eu também vi aquele brilho azul que Curie tanto amou! Digamos que fui uma menina radioativa; e agora sou uma mulher madura ou uma jovem senhora que, há alguns anos, vive a dois quarteirões do antigo consultório de dom Justo, ou seja, a cem metros de onde ficava aquela antiga máquina de raio X que fedia a sangue. Agora o lugar é um consultório ginecológico. Às vezes tenho a sensação de que na vida nos movemos dando voltas sempre pelos mesmos lugares, como num jogo de tabuleiro desconcertante.

Marie Curie não foi apenas a primeira mulher a receber um prêmio Nobel e a única a receber dois, mas a primeira a se formar em Ciências na Sorbonne, a primeira a se doutorar em Ciências na França, a primeira a ter uma cátedra... Foi a primeira em tantas frentes que é impossível enumerá-las. Uma pioneira absoluta. Um ser diferente. Também foi a primeira mulher a ser enterrada pelos seus próprios méritos no Panteão dos Homens Ilustres [sic] de Paris. Seus restos foram transladados para lá no dia 26 de abril de 1995 com toda a pompa e circunstância (aliás, no Panteão também estão Pierre Curie e Paul Langevin, respectivamente marido e amante de Marie), e o discurso do presidente Mitterrand, na época já muito doente, enfatizou "a luta exemplar de uma mulher" numa sociedade em que "as atividades intelectuais e as responsabilidades públicas eram reservadas aos homens". Eram, ele disse. Como se essas desigualdades já tivessem sido completamente superadas no mundo contemporâneo. Mas Marie Curie continua sendo a única mulher enterrada no Panteão; e o Panteão ainda é chamado, como se pode imaginar, de Homens Ilustres. Como aquela polonesa sem apoio nem dinheiro conquistou tudo isso, tão cedo, tão só, em circunstâncias tão desfavoráveis? Foi uma mulher inédita. Uma guerreira. Uma #mutante. Por isso é que estava sempre tão séria, tão triste? Por isso exibia aquela expressão tão trágica em todas as suas fotos? Inclusive nas instantâneas, que, como a seguinte, são anteriores à sua viuvez. Penso agora na velha história do pastor entalhando a madeira e digo a mim mesma que talvez o que sairá deste livro será algo intermediário; e que Marie teve de ser são Francisco e a Virgem Maria ao mesmo tempo para conseguir fazer tudo que fez.

Pierre e Marie.

A ridícula ideia de nunca mais te ver

A verdadeira dor é indizível. Se você consegue falar a respeito das suas angústias, está com sorte: significa que não é nada tão importante. Porque quando a dor cai sobre você sem paliativos, a primeira coisa que ela lhe arranca é a #palavra. É provável que você reconheça o que estou dizendo; talvez já o tenha experimentado, pois o sofrimento é algo muito comum em todas as vidas (assim como a alegria). Falo daquela dor que é tão grande que nem parece nascer de dentro, como se você tivesse sido soterrada por uma avalanche. E está tão enterrada debaixo dessas toneladas de dor pedregosas que não consegue nem falar. Você tem certeza de que ninguém vai ouvi-la.

Agora que penso nisso, é algo muito parecido com a loucura. Na minha adolescência e na primeira juventude, sofri várias crises de angústia. Eram ataques de pânico repentinos, tonturas, uma sensação aguda de perda da realidade, o pavor de estar enlouquecendo. Estudei psicologia na Universidade Complutense (abandonei o curso no último ano) justamente por isto: porque pensava que estava louca. Na realidade, acho que essa é a razão pela qual 99% dos profissionais do ramo fazem psicologia ou psiquiatria (o 1% restante são filhos de psicólogos ou psiquiatras, o que é ainda pior). Só para registrar, não acho errado que seja assim: aproximar-se do exercício terapêutico tendo sabido o que é o desequilíbrio mental pode proporcionar mais entendimento, mais empatia. Para mim, aquelas crises de angústia ampliaram meu conhecimento de mundo. Hoje fico feliz de havê-las tido: assim eu soube o que era a dor psíquica, que é devastadora por ser inefável. Pois a característica essencial do que chamamos de loucura é a solidão, mas uma solidão monumental. Uma solidão tão grande que não cabe na palavra solidão e que não podemos nem imaginar se não estivemos lá. É sentir que você se desconectou do mundo, que não vão conseguir te entender, que você não tem #palavras para se expressar. É como falar uma língua que ninguém mais conhece. É ser um astronauta flutuando à deriva na vastidão negra e vazia do espaço sideral. É desse tamanho de solidão que estou falando. E parece que na dor verdadeira, na dor-avalanche, acontece algo parecido. Embora a sensação de desconexão não seja tão extrema, você tampouco consegue dividir nem explicar seu sofrimento. Já diz a sabedoria popular: Fulaninho enlouqueceu de amargura. A tristeza aguda é uma alienação. Você se cala e se fecha.

Foi o que fez Marie Curie quando lhe trouxeram o cadáver de Pierre: fechou-se no mutismo, no silêncio, numa aparente frieza pétrea. Estavam casados havia onze anos e tinham duas filhas, a mais nova com catorze meses. Pierre havia saído aquela manhã, como de costume, a caminho do trabalho; almoçou com os colegas e, ao voltar para o laboratório, escorregou e caiu em frente a uma pesada carruagem de transporte de mercadorias. Os cavalos desviaram dele, mas uma roda traseira lhe arrebentou o crânio. Morreu na hora.

Entro no salão. Dizem-me: "Morreu". Pode alguém entender tais palavras? Pierre morreu. Ele, a quem eu vira partir pela manhã. Ele, a quem eu esperava apertar entre os braços naquela tarde, eu só tornaria a vê-lo morto. E acabou-se, para sempre.

Sempre, nunca, palavras absolutas que não podemos compreender, sendo como somos: pequenas criaturas presas em nosso breve tempo. Você nunca brincou, na infância, de tentar imaginar a eternidade? O infinito que se desenrola à sua frente como uma vertiginosa e interminável fita azul? A primeira coisa que te derruba no luto: a incapacidade de pensar nele e admiti-lo. A ideia simplesmente não entra na sua cabeça. Como é possível que *não esteja mais*? Aquela pessoa que ocupava tanto espaço no mundo, onde foi que se meteu? O cérebro não consegue entender que tenha desaparecido para sempre. E que diabos é *sempre*? É um conceito anti-humano. Quero dizer, que foge à nossa possibilidade de entendimento. Como assim, não vou vê-lo nunca mais? Nem hoje, nem amanhã, nem depois, nem daqui a um ano? É uma realidade inconcebível que a mente rejeita: não vê-lo nunca mais é uma piada sem graça, uma ideia ridícula.

Às vezes (tenho) a ideia absurda de que tudo isso é uma ilusão e que vais voltar. Não tive ontem, ao ouvir a porta fechar, a ideia absurda de que eras tu?

Depois da morte de Pablo, eu também me peguei durante semanas pensando: "Vamos ver se ele deixa de ser besta e volta de uma vez", como se sua ausência fosse uma peça que ele estivesse pregando para me irritar, como às vezes fazia.

Entenda, não era um pensamento real e de todo declarado, mas uma daquelas ideias no meio do caminho, tremulando na beira da consciência como peixes nervosos e escorregadios. Da mesma maneira, todos sabem que muitas pessoas acreditam ver na rua o ente querido que acabaram de perder (nunca aconteceu comigo). A grande Ursula K. Le Guin expressa isso muito bem no poema nu e cru intitulado "On Hemlock Street" [Na rua Cicuta]:

I see broad shoulders,
a silver head.
and I think: John!
And I think: dead.

(*Vejo umas costas largas,*
uma cabeça prateada,
e penso: John!
E penso: morto.)*

Tive a imensa sorte e o privilégio de cultivar certa amizade com Ursula K. Le Guin, que é uma das escritoras cuja influência sobre minha obra eu reconheço de maneira consciente (o outro é Nabokov). Quando lhe escrevi contando que queria fazer um livro sobre Madame Curie, ela respondeu:

> Li uma biografia de Marie Curie quando tinha quinze ou dezesseis anos. Incluía vários trechos de seu diário. Fiquei impressionada, admirada e assustada. Talvez a memória esteja me traindo, mas me lembro de que, depois que Pierre morreu na rua, ela guardou o lenço com o qual havia tentado limpar o rosto dele. Parte de seu sangue e de seus miolos haviam ficado no tecido, e ela o guardou, escondendo-o de todo mundo, até que teve de queimá-lo. Essa imagem me assombrou desesperadamente todos esses anos.

Caramba, pensei, não vi esse detalhe em nenhuma das biografias que utilizei. Considerando a idade de Ursula (ela nasceu em 1929), pensei que talvez se tratasse do livro que a segunda filha de Marie, Ève, escreveu sobre a mãe em 1937. Na época em que

---

* Traduzido da versão em espanhol, que não se ateve às rimas: "*Veo unas espaldas anchas/una cabeza plateada/y pienso: i John!/Y pienso: muerto*". [N.T.]

recebi o e-mail de Le Guin eu ainda não tinha lido essa obra: ela está fora de catálogo e tive de importunar meio mundo até conseguir um exemplar de segunda mão em inglês. De modo que as palavras de Ursula me fizeram repassar com atenção o breve diário de Curie, e descobri um parágrafo que, à luz dessa sinistra explicação, tinha um sentido bastante revelador:

> Eu e minha irmã queimamos tua roupa do dia da catástrofe. Numa fogueira enorme eu jogo os farrapos de tecido recortados com os grumos de sangue e os restos de miolos. Horror e miséria. Eu beijo o que resta de ti para além de tudo isso.

Na minha primeira leitura, pensei que haviam queimado a roupa pouco depois do acidente e entendi "beijo o que resta de ti" como uma metáfora, mas agora eu temia o pior. Esperei ansiosa a chegada do livro de Ève e, de fato, me deparei com uma cena brutal. Quase dois meses depois da morte de Pierre, um dia antes de a irmã de Marie, Bronya, voltar à Polônia, Madame Curie lhe pediu que a acompanhasse até seu quarto e, depois de fechar cuidadosamente a porta, tirou do armário um volume enorme embrulhado em papel impermeável: era a trouxa de roupas de Pierre, com coágulos de sangue e pedaços de cérebro grudados. Ela havia guardado secretamente aquela nojeira. "Você tem que me ajudar a fazer isso", implorou para Bronya. E começou a cortar o tecido com uma tesoura e a jogar os pedaços no fogo. Mas quando chegou aos restos de matéria orgânica, não pôde continuar: pôs-se a beijá-los e a acariciá-los diante do horror da irmã, que arrancou as roupas das suas mãos e acabou com a lúgubre tarefa. Não me admira que a imagem tenha marcado a menina Ursula. Estou dizendo que o sofrimento agudo é como um arroubo de loucura. Por fora, Marie surpreendeu pela sua contenção emocional: "Aquela mulher fria, calma, enlutada, a autômata em que Marie havia se transformado", diz sua filha Ève. Mas, por dentro, ardia a demência pura da dor.

Nunca cheguei a isso, é claro. Pelo contrário, quis "me comportar" no meu luto e arregacei as mangas: imediatamente me desfiz de toda a sua roupa, guardei seus pertences à chave, mandei estofar sua poltrona preferida, aquela em que ele sempre se sentava. Fui durona demais. Quando o estofador chegou para buscar a poltrona, sentei-me nela desesperada. Queria curtir o suor impregnado no tecido, o velho vestígio do seu corpo. Arrependi-me de ter chamado o profissional, mas não tive coragem ou convicção suficiente para lhe dizer que tinha mudado de ideia. Ele levou a poltrona. Aqui está ela agora, revestida de um tecido listrado alegre e banal. Nunca mais a usei.

"Comportar-se" no luto. #fazeroquesedeve. Vivemos tão alienados da morte que não sabemos como agir. Temos uma enorme confusão na cabeça. No meu caso, encarei o luto como uma doença da qual precisava me curar o quanto antes. Creio que é um erro bastante comum, porque na nossa sociedade a morte é vista como uma anomalia, e o luto, como uma patologia. "Falamos constantemente de mortes evitáveis, como se a morte pudesse ser prevenida, em vez de adiada", diz a dra. Iona Heath no seu livro *Matters of Life and Death* [Questões de vida e morte]. E Thomas Lynch, aquele curioso escritor estadunidense que há trinta anos é diretor de uma funerária, explica em *The Undertaking* [O empreendimento]:

> Estamos sempre morrendo de falências, anomalias, insuficiências, disfunções, paradas, acidentes. São crônicos ou agudos. A linguagem dos atestados de óbito — a de Milo diz *falência cardiopulmonar* — é a linguagem da fraqueza. Da mesma forma, diremos que a sra. Hornsby, em seu sofrimento, está derrubada, destroçada ou em pedaços, como se houvesse algo estruturalmente incorreto nela. É como se

a morte ou a dor não fizessem parte da Ordem das Coisas, como se a falência de Milo e o choro de sua viúva fossem, ou devessem ser, motivo de vergonha.

E, de fato, eu não queria me sentir envergonhada pela minha tristeza. Sou aquele tipo de pessoa que sempre tenta #fazeroquedeve, por isso colecionei tantos "10" na escola. Então procurei ceder ao que acreditava que a sociedade esperava de mim depois da morte de Pablo. Nos primeiros dias, as pessoas lhe dizem: "Chore, chore que faz bem"; e é como se dissessem: "É preciso furar e espremer esse abscesso para sair o pus". E é justamente nos primeiros momentos que você tem menos vontade de chorar, pois está em choque, exaurida e fora do mundo. Mas logo depois, em seguida, justo quando você está encontrando o fluxo aparentemente inesgotável do seu pranto, as pessoas à sua volta começam a lhe cobrar um esforço de vitalidade e otimismo, de esperança no futuro, de *recuperação* da sua tristeza. Porque é exatamente assim que se diz: Fulano ainda não se *recuperou* da morte de Sicrana. Como se se tratasse de uma hepatite (mas você não se recupera nunca, esse é o erro, a gente não se recupera: se reinventa). Não é minha intenção criticar ninguém ao contar isso: eu também agi assim antes de saber! Também disse: chore, chore. E três meses depois: Vamos, chega, levante essa cabeça, ânimo. Com a melhor das intenções e o pior dos resultados, certamente.

Não quero dizer com isso que os parentes tenham de passar dois anos vestidos de preto, fechados em casa e soluçando de manhã até de noite, como se fazia no passado. Oh, não, o luto e a vida não têm nada a ver com isso. Na verdade, a vida é tão tenaz, tão bela, tão poderosa, que mesmo nos primeiros momentos da dor você pode gozar de instantes de alegria: a delícia de uma linda tarde, uma risada, uma música, a cumplicidade com um amigo. A vida abre passagem com a mesma teimosia com que uma plantinha minúscula é capaz de rachar o chão de cimento e botar a cabeça para fora. Mas, ao mesmo tempo, a tristeza também segue seu curso. E é com isso que nossa sociedade não lida bem: logo escondemos ou proibimos o sofrimento tacitamente.

    Manhã de 11 de maio de 1906
    Meu Pierre, levanto depois de ter dormido bem, relativamente tranquila, passado apenas um quarto de hora de tudo isso, e vê só: mais uma vez tenho vontade de uivar como um animal selvagem.

Marie dizia esse tipo de coisas no seu diário.
O calafrio da indecência.
Provavelmente Marie Curie tenha se salvado da ruína escrevendo essas páginas, que são de uma sinceridade, de um desprendimento e de uma nudez impactantes. É um diário íntimo, não foi pensado para ser publicado. Por outro lado, ela não o destruiu. Conservou-o. Claro que era uma carta pessoal dirigida a Pierre. Um último elo de #palavras. Uma espécie de cordão umbilical derradeiro com seu morto. Não me admira que Marie fosse incapaz de se desfazer dessas anotações desoladoras.
Confesso que, durante muitos anos, considerei uma indecência fazer uso artístico da própria dor. Abominei que Eric Clapton compusesse "Tears in Heaven" [Lágrimas no céu], a canção dedicada ao seu filho Conor, morto aos quatro anos de idade ao cair do 53º andar de um prédio em Nova York; e me incomodou que Isabel Allende publicasse *Paula*, romance autobiográfico sobre a morte da sua filha. Para mim, era como se estivessem de algum modo traficando aquela dor que deveria ser tão pura. Depois, com o tempo, fui mudando de opinião. Na verdade, cheguei à conclusão de que é algo que todos nós fazemos: embora nos meus romances eu fuja com veemência

do tom autobiográfico, simbolicamente estou sempre lambendo minhas feridas mais profundas. A origem da criatividade está no sofrimento, o próprio e o alheio. A verdadeira dor é inefável, nos deixa surdos e mudos, vai além de qualquer descrição e qualquer consolo. A verdadeira dor é uma baleia grande demais para ser arpoada. E no entanto, e apesar disso, nós, escritores, insistimos em dispor palavras no vazio. Lançamos palavras como quem atira pedrinhas num poço radioativo até ficar cego.

Agora sei que escrevo para outorgar ao Mal e à Dor um sentido que na verdade tenho certeza de que eles não têm. Clapton e Allende utilizaram o único recurso que conheciam para poder lidar com o que aconteceu.

A arte é uma ferida feita de luz, dizia Georges Braque. Precisamos dessa luz, não apenas quem escreve, pinta ou compõe músicas, mas também aqueles que leem, veem quadros ou ouvem um concerto. Todos precisamos da beleza para que a vida nos seja suportável. Fernando Pessoa expressou isso muito bem: "A literatura, como toda a arte, é uma confissão de que a vida não basta". Não, não basta. Por isso estou escrevendo este livro. Por isso você o está lendo.

Uma jovem estudante muito sábia

Não consegui encontrar nenhuma foto de Marie Curie em que ela esteja sorrindo. É verdade que, como disse meu amigo Martin Roberts, nas fotos antigas a seriedade era uma expressão habitual, pois a exposição demorava muito e os modelos tinham de permanecer quietos por um bom tempo. Mas uma coisa é ficar sério e, outra, ter um aspecto trágico. Pierre Curie, por exemplo, aparece com frequência muito risonho. Bem diferente de Marie. Seu retrato menos sisudo e áspero é de um instantâneo que chamaram de "a foto do casamento", tirado em 1895. Ali, se você olhar bem, algo parecido com uma levíssima distensão parece insinuar-se na boca de Marie. Nada que possa ser chamado de sorriso, mas pelo menos seu rosto parece franco e quase alegre.

Esta é a chamada "foto do casamento".

Todos os outros retratos são terríveis: quando não está tensa e fria como um coveiro, mostra uma expressão definitivamente triste, dramática até. É algo tão chamativo que cheguei a suspeitar de que Marie Curie tivesse má dentição e por isso não quisesse sorrir (o ser humano é mesmo maluco: eu, por exemplo, sorrio até nas fotos menos apropriadas, porque quando estou séria fico com uma cara de cachorro pidão com a qual não me identifico). Mas na biografia de Sarah Dry são citadas as palavras de Eugénie Feytis, aluna de Marie na época em que a cientista dava aulas de física e química na Escola Normal Superior de Sèvres. E Eugénie dizia: "Muitas vezes o lindo rosto de nossa professora, geralmente sério, se iluminava com um sorriso divertido e encantador diante de alguma observação nossa". Muitas vezes? Sorriso divertido e encantador? Deixando de lado a pouca fiabilidade que toda memória tem (o que lembramos é uma reconstrução inventada), a verdade é que não consigo visualizar Marie assim.

Em geral, o que mais predomina nos seus retratos é um cenho persistente, uma testa ameaçadora, uma boca contraída pelo esforço. É o rosto de alguém zangado com o mundo, ou, antes, de alguém em plena batalha contra tudo. Mesmo na foto que provavelmente Marie apreciava mais, porque era a que Pierre mais gostava, ela aparece com uma expressão carrancuda. Diz no seu diário:

> Nós te pusemos no caixão no sábado de manhã e eu segurei tua cabeça enquanto te transferíamos. Quem mais terias querido que segurasse essa cabeça? Eu te beijei, Jacques e André também [respectivamente, o irmão e o mais íntimo colaborador de Pierre], deixamos um último beijo em teu rosto frio, mas como sempre tão querido. Depois, algumas flores sobre o caixão e meu pequeno retrato de "jovem estudante muito sábia", como você dizia, e do qual tanto gostavas.

Pierre sempre levava uma cópia desse retrato no bolso do jaleco. Marie aparece nele muito jovem e roliça: provavelmente é de quando chegou a Paris no outono de 1891, com 24 anos. Era uma polonesa alta e robusta, de todas as suas irmãs talvez fosse a mais cheinha, e com certeza uma mulher muito forte: de outro modo não toleraria as doses letais de radiação que recebeu durante tanto tempo. Logo em seguida começou a emagrecer, e na maior parte da vida foi uma mulher magérrima, quase fantasmal. Conta-se que, durante os quatro anos que estudou na Sorbonne, se alimentava de pão, chocolate, ovos e frutas. Vivia num quarto do sexto andar de um prédio sem elevador e tinha de quebrar o gelo da tina para se lavar. Uma noite, já sem carvão para a pequena estufa, e sem dinheiro para comprá-lo, passou tanto frio que não conseguia pegar no sono, então levantou, se vestiu feito uma cebola com toda a sua roupa e jogou por cima da cama todos os panos que tinha, a toalha de mesa e a de banho. Ainda assim continuava tiritando. Finalmente, pôs sobre o corpo, em precário equilíbrio, a única cadeira de que dispunha, para que o peso lhe proporcionasse uma enganosa sensação de calor.

Desmaiou algumas vezes, dizem que de fome, embora ela sempre se lembrasse daquela época como muito feliz. Mais tarde, já casada, enquanto trabalhava freneticamente nas suas pesquisas radioativas, continuava se alimentando muito mal (isso também faz parte da lenda). Georges Sagnac, colega dos Curie, escreveu uma carta a Pierre preocupado com o aspecto de Marie:

> Fiquei surpreso ao ver Mme. Curie na Sociedade de Física, pela alteração de seu aspecto [...]. Dificilmente comem, nenhum de vocês dois. Mais de uma vez vi Mme. Curie mordiscar duas rodelas de salsicha e beber uma xícara de chá. Não acha que uma constituição robusta pode sofrer com uma alimentação tão insuficiente?

Será que Marie Curie padecia de algum transtorno alimentar? Seria anoréxica? Foi essa aparência de esqueleto vivo, típica de quem sofre desse distúrbio, que espantou Sagnac a ponto de escrever uma carta a Pierre? Eram tempos propícios à anorexia, sobretudo em mulheres que, como ela, lutavam contra a gaiola estreita das convenções. Além disso, Curie tinha uma índole perfeccionista e obsessiva, muito comum nesse tipo de enfermo. E era uma fervorosa adepta do exercício físico, outra paixão que as pessoas com transtornos alimentares costumam ter: andava de bicicleta, subia montanhas, nadava, obrigava as filhas a fazer ginástica (instalou no jardim uma barra com argolas e uma corda com nós para as meninas se exercitarem). Enfim, não há dados suficientes para elaborar um diagnóstico: talvez fosse apenas uma questão de falta de dinheiro, de tempo, de cuidados consigo própria... Em todo caso, algo lhe faltava para tratar a si mesma tão mal — embora sua mirrada magreza das últimas décadas sem dúvida já se devesse aos estragos da radioatividade.

Marie sempre teve uma vida muito difícil: não é de estranhar seu cenho franzido e sua expressão debilitada. Tanto lhe faltava que nem sequer tinha um país próprio quando nasceu: em 1867 a Polônia não existia, estava dividida entre Rússia, Áustria e Prússia. Varsóvia, a cidade de Marie (que na época se chamava Marya Skłodowska, embora todos a chamassem de Manya), encontrava-se governada pelos russos, que eram muito severos: proibiram a língua polonesa e a repressão era feroz. Os pais de Manya vinham de uma pequena aristocracia empobrecida e ambos eram trabalhadores, muito cultos e inteligentes. A mãe, Bronisława, era diretora de uma prestigiada escola para meninas; o pai, Władisław, professor de física e química num liceu. Marie foi a caçula de cinco filhos (antes, tiveram três meninas e apenas um menino, Josef) e, logo que nasceu, o pai foi nomeado vice-diretor de um instituto nos subúrbios da cidade. Mudaram-se para lá e a mãe tentou continuar com seu trabalho, mas ficava muito longe; então renunciou, porque obviamente o destino do homem era prioridade. De modo que Bronisława se tornou uma simples dona de casa e, pouco depois, adoeceu de tuberculose. Pode ser que os dois fatos estivessem de alguma maneira relacionados: tristeza e frustração diminuem as defesas.

Contam os biógrafos que, após adoecer, a mãe deixou de tocar nas filhas para não contagiá-las; e que Marie, ainda muito pequena, não pôde entender isso e se sentiu rejeitada. Soa a melodrama, mas parece que é verdade. Ainda mais melodramático é o fato de que em 1874 sua irmã mais velha morreu, de tifo, aos vinte anos; e que, quatro anos mais tarde, a tuberculose acabou com sua mãe. Quando ficou órfã, Manya tinha apenas onze anos. As fotos da época, naturalmente, são bastante tristes.

Parece que Marie adorava literatura e escrita (escrevia surpreendentemente bem), e considerou por algum tempo dedicar-se a elas. Por fim se decidiu pela física e pela química, como Władisław: #honraropai. Claro que o empenho incrível e a energia monumental que Manya precisou empregar para seguir adiante e poder estudar e desenvolver uma carreira própria também podem ser entendidos como uma maneira de #honraramãe: ela não deixaria sua profissão, como fizera Bronisława; não acabaria trancada na triste gaiola da vida doméstica.

#honrarospais: que terrível sentença, que obrigação sub-reptícia e por vezes inconsciente, que armadilha do destino. Crescemos com a poderosa mensagem dos nossos progenitores martelando-nos a cabeça e amiúde acabamos acreditando que seus desejos são nossos desejos e que somos responsáveis pelas suas carências. Um exemplo: durante a última década do século XX, a Itália e a Espanha revezavam-se em ocupar o primeiro e o segundo lugar mundial de crescimento demográfico negativo. Quer dizer: éramos os países que menos tínhamos filhos no planeta (depois essa tendência se atenuou, quando começamos a receber vários imigrantes). E que curioso que fossem justamente nossas duas sociedades: católicas, supermachistas até bem pouco tempo atrás, com uma recente e radical evolução quanto ao papel da mulher. Deixe eu lhe dizer como vejo isso: nossas mães viveram tolhidas pelo machismo, mas conseguiram vislumbrar a mudança social que ocorria diante dos seus olhos, embora já não pudessem se beneficiar dela. Que frustrante deve ter sido para elas não poder gozar das liberdades dos novos tempos por uma margem tão pequena! "É que eu nasci cedo demais", "É que eu deveria ter trinta anos a menos": perdi a conta de quantas vezes ouvi aquelas mulheres repetirem essas frases. Então elas criaram suas filhas, várias gerações de filhas, movidas por essa raiva e essa dor. E encheram nossos ouvidos com seus amargos, porém hipnotizantes, sussurros; com palavras incandescentes como chumbo líquido: "Não tenha filhos, não seja como eu, não vire prisioneira da vida doméstica, seja livre, independente, faça por mim tudo o que eu não pude fazer". E nós, é claro, obedecemos: milhares de espanholas (e italianas) prescindiram dos filhos. #honraramãe.

Agora que penso nisso, aquela inflamada ordem materna seria o mesmo que dizer: não seja tão mulher. Não seja tão *feminina*. Ou não seja tanto quanto eu fui. Seja outro tipo de mulher. Seja uma #mutante. Essa fêmea sem lugar, ou em busca de outro #lugar.

Algo assim também deve ter acontecido com Manya Skłodowska em relação à feminilidade da sua mãe. Com base na única foto que vi dela, Bronisława parecia ser uma mulher bonita, delicada, graciosa, encantadora, bem-arrumada. Muito feminina. Nossa Marie nunca se vestia tão bem assim, cheia de cetim e canutilhos, essas golas e punhos bufantes, o penteado impecável e esse olhar sonhador.

Pelo contrário, Manya sempre deu mostras de austeridade, quase de descuido nas vestimentas. É verdade que por muito tempo não dispôs de dinheiro para futilidades; em Varsóvia a família passara por enormes apuros financeiros, a ponto de ter que abrir uma espécie de pensão em casa e alugar quartos para estudantes. Mas Manya não se embelezou nem quando teve recursos suficientes. Longe disso: pode-se dizer que tanto ela quanto sua filha mais velha, Irène — que também ganharia em 1935 um Nobel de química (foi a segunda mulher a conquistar um prêmio científico, 32 anos depois da mãe) —, cultivavam de propósito uma nudez ornamental, um desdém pelas pompas decorativas. Vangloriavam-se da sua falta de feminilidade. Por sua vez, a filha caçula, Ève — que depois se tornaria pianista, jornalista e escritora —, era atraente e vaidosa, uma garota por dentro da moda, que se vestia com bom gosto e se maquiava. Por essa razão, recebeu reprimendas cáusticas e irônicas da mãe, que implicava com seus decotes ou com o fato de ela usar cosméticos. No seu livro, no qual menciona a si mesma em terceira pessoa, Ève narra várias desavenças pateticamente hilariantes:

> Os momentos mais penosos eram os do estojo de maquiagem. Depois de um longo esforço para conseguir o que ela julgava um resultado perfeito, Ève cedia ao pedido da mãe: "Dê uma volta para eu poder te admirar". Então, Madame Curie a examinava de modo neutro e científico, e ao final dizia, com desgosto: "Bem, a princípio não tenho nenhuma objeção a esse arrebique e perequeté todo, naturalmente. Sei que sempre foi assim. No Egito antigo as mulheres inventaram coisas muito piores... Só posso dizer uma coisa: eu acho horroroso".

E assim, dia após dia. Em outra parte do livro, Ève se permite uma sombra de ironia que quase nunca utiliza na biografia afetuosa de sua mãe: "Se Marie ia a uma loja com Ève, nunca olhava os preços, mas com um instinto infalível apontava com suas mãos nervosas o vestido mais simples e o chapéu mais barato". Por tudo isso, suponho, e por outras coisas de que falaremos mais tarde, Ève diz no seu livro: "Meus anos de juventude não foram felizes". Enfim, comparar o perfil das duas irmãs — Irène, a filha obediente à autoridade materna, e Ève, a rebelde — equivale a um tratado de várias páginas sobre o que é e o que não é o feminino, e sobre o #lugar e o não #lugardamulher.

Esta é Ève Curie.   Esta é Irène Curie.

Numa carta escrita por Einstein à sua prima e futura segunda esposa em 1913, ele diz o seguinte (quem conta é José Manuel Sánchez Ron no seu livro sobre Curie):

Madame Curie é muito inteligente, mas é fria como um peixe, o que significa que carece de alegria e de tristeza. Praticamente a única forma que tem de expressar seus sentimentos é altercar sobre as coisas de que não gosta, e tem uma filha [Irène] que é ainda pior: parece um granadeiro. Essa filha também é bastante dotada.

Einstein acabou se tornando muito amigo de Marie e escreveu coisas belíssimas sobre ela; essa é uma carta particular e, além do mais, ele provavelmente estava flertando com sua prima e queria fazê-la rir dos seus mexericos maldosos. Mas por trás das suas palavras podemos ver os ecos dos estereótipos habituais. Refiro-me ao fato de que os atributos tradicionalmente masculinos soam chocantes nas mulheres. Se, num homem, contenção emocional é algo considerado elegante e viril, numa mulher como Marie a faz parecer, segundo Einstein, um bacalhau. Da mesma maneira, o fato de que um homem seja ambicioso nunca costuma ser apontado como valor negativo: pelo contrário, é parte da sua capacidade de lutar, sua competitividade, da sua grandeza. Já uma mulher ambiciosa... ah, é uma bruxa! Malvada mesmo. Enfim, o parágrafo dá a entender que ambas as Curie são pouco femininas. Tão pouco, aliás, que Irène parece um granadeiro. Mas ele respeita, isso sim, as duas intelectualmente. Ser respeitada por Einstein não é para qualquer um. Talvez tivessem de se paramentar desse jeito, como simples missionárias da Ciência, para serem levadas a sério.

    Minha geração viveu algo parecido. Sou da contracultura dos anos 1970: banimos os sutiãs e os saltos agulha e deixamos de depilar as axilas. Depois voltei a me depilar, mas de algum modo continuei lutando contra o estereótipo tradicional feminino. Nunca usei sapato de salto (não sei andar neles). Nunca passei esmalte nas unhas das mãos. Durante anos usei óculos de grau em vez de lentes de contato, não usava rímel nem maquiagem, e sempre vestia jeans. "Minha filha, assim você insulta sua beleza", protestava meu pai, quase elegíaco. É que naquela época era verdadeiramente difícil que te levassem a sério se você fosse mulher; por consequência, era preciso parecer pouco feminina. Era preciso mimetizar-se e ser "mais um dos rapazes". E a recém-inventada pílula também fomentava essa mentira — machista, na verdade — da "não feminilidade", descartando de uma vez por todas o risco de gravidez. Vivíamos e trepávamos feito homenzinhos.

Foto minha da época em que era preciso ser "mais um dos rapazes".

Patti Smith, um dos símbolos mais óbvios dessa geração de mulheres.

Cheguei inclusive a esconder durante décadas meu lado mais imaginativo e priorizei a lógica, pois as discussões intelectuais e racionais eram um campo masculino, o território de combate onde se ganhava o respeito do outro, enquanto a fantasia era mera tolice de mulher. Por isso meus primeiros romances são todos realistas, e só pude começar a me libertar dessa repressão ou mutilação mental com meu quinto livro, *Temblor* [Tremor], um romance de ficção científica publicado em 1990, ou seja, quando eu já havia chegado à mais do que respeitável idade de 39 anos. Levei todo esse tempo para começar a trazer à luz meu lado fantástico, aquela menina imaginativa que eu mantivera prisioneira sob sete chaves dentro de mim. Com o tempo, nós mulheres aprendemos que ser como os homens não era exatamente o mais desejável. E, em vez de uma Patti Smith, as garotas de hoje têm uma Lady Gaga, que se veste de homem, de mulher ou de filé-mignon, se lhe der na telha. Muito mais livre.

Mas, voltando às fotos de Curie, há uma que eu adoro. Ela tampouco está sorrindo, é claro, mas tem uma expressão muito poderosa, um olhar de quem está disposta a chegar aonde for preciso para atingir seus objetivos. Que luta tremenda isso implicava! Para se ter uma ligeira ideia, lembremos que Manya Skłodowska era uma aluna magnífica no instituto, mas, apesar de tirar as melhores notas, não podia continuar estudando porque o acesso à universidade era proibido às mulheres na Polônia ocupada (isso acontecia em quase todo o mundo, na verdade). Em anotações autobiográficas que escreveu muitos anos mais tarde, Marie diz:

> À noite [na adolescência, depois de terminar o instituto aos catorze anos], eu costumava estudar. Tinha ouvido que

algumas mulheres haviam conseguido cursar seus estudos em São Petersburgo ou no exterior, e me propus a estudar por conta própria para seguir o exemplo delas.

Deus do céu! Ela diz que *tinha ouvido! Algumas! No exterior!* Quase como quem ouve uma lenda fabulosa, os rumores da existência de um unicórnio alado. A partir desses reveses Marie construiu sua vida esplêndida, e ainda com o agravante de que sua família não tinha um centavo para pagar os estudos à menina — muito menos fora do país. Portanto, quando terminou o instituto, e depois de um ano de depressão, Marie foi contratada como preceptora. Chegara a um acordo com sua irmã Bronya, dois anos mais velha, para que esta fosse a Paris estudar medicina; Marie a ajudaria financeiramente e, quando Bronya terminasse os estudos, seria ela quem ajudaria Marie a fazer sua carreira. Quanta determinação é preciso ter para fazer tudo isso, sobretudo quando o entorno não apenas não te favorece, como também faz com que se sinta anômala, equivocada, absurda nas suas pretensões. Em outras palavras: ninguém esperava nada de Manya. Não me admira que ela precisasse cerrar tanto os dentes.

Embora, por outro lado, também o excesso de expectativas e o imperativo tirânico da glória e do êxito que os homens têm padecido podem se tornar uma armadilha fatal. Quantos homens se renderam, incapazes de estar à altura impossível das expectativas desenfreadas! Como diz a escritora Nuria Labari, a #ambição tem uma maneira odiosa de matar o talento. Mas isso é uma outra história.

Pássaros com o peito palpitante

Já se disse que Marie cresceu num ambiente político bastante conturbado. Em 1864, três anos antes do seu nascimento, os russos reprimiram uma insurreição nacionalista e enforcaram seus mandantes, pendurando os corpos nas muralhas da cidadela de Alexandre no verão, para que apodrecessem à vista de todos: um espetáculo de selvageria medieval que não deve ter melhorado a relação entre opressores e oprimidos. Na escola, Manya e suas colegas tinham aula em polonês, o que era proibido; mas o local tinha providenciado um sistema de campainhas para advertir os professores da chegada dos inspetores russos. Num daqueles dias, Marie e suas 25 colegas estavam estudando a história da Polônia quando receberam o aviso; guardaram no mesmo instante os livros e pegaram seus apetrechos de costura, tal qual haviam ensaiado, de modo que, quando o inspetor entrou, as meninas estavam pregando botões, comportadas. Então a professora mandou Marie ao quadro-negro, porque era a melhor aluna da classe, e o sujeito lhe fez dizer o pai-nosso em russo e recitar a lista dos tsares com todos os seus títulos. Ela se saiu muito bem, mas sentiu-se terrivelmente humilhada e chorou aflita quando o homem foi embora.

Entendo a angústia de Marie: as perguntas do russo foram feitas com a intenção de dominar e submeter. Mas, por outro lado, acho a cena absolutamente simbólica. Talvez o incidente tenha ensinado a Manya que a mulher que costura é uma impostora. Ou seja: alguém que sabe muito mais e que faz muito mais do que obedientemente remendar botões. Os ambientes revolucionários sempre foram favoráveis ao avanço das mulheres; os momentos sociais anômalos deixam fissuras na trama convencional, por onde escapam os espíritos mais livres. Quero dizer que, por esses paradoxos da vida, é possível que a repressão russa tenha ajudado Marie a romper com os preconceitos machistas da época; unidos pela resistência nacionalista, homens e mulheres poloneses eram, sem dúvida, mais iguais.

Além disso, aquele ambiente agitado contribuiu para que Marie se conscientizasse e se posicionasse ideologicamente desde muito cedo. Recém-chegada à adolescência, a futura Madame Curie se tornou uma entusiasta seguidora do positivismo de Comte, que se distanciava da religião e consagrava a Ciência como a única via para conhecer a realidade e melhorar o mundo. Manya, que abandonara a fé depois da morte da mãe, entregou-se com paixão ao romantismo científico. Aos dezoito anos, mandou para sua melhor amiga um retrato que havia tirado com a irmã mais velha, Bronya. A dedicatória dizia: "Para uma positivista ideal, de duas positivas idealistas". Aliás, nesse retrato ela está rechonchuda feito uma maçã.

Manya e Bronya Skłodowska.

Ainda assim, apesar do calor dos ideais e da luta nacionalista, imagino Marie naquela escola, sendo a caçula de cinco irmãos (quatro, após a morte da mais velha), sem dinheiro, uma menina pobre humilhada pelos invasores. O que ela poderia esperar da vida? Em *Nada* (1944), romance maravilhoso escrito em estado de graça por Carmen Laforet aos 23 anos, a narradora fala das amigas da sua tia, que no passado foram jovens felizes e agora eram mulheres murchas e atormentadas, e diz: "Eram como pássaros envelhecidos e sombrios, com o peito palpitante por ter voado muito num pedaço de céu tão pequeno". Aquele era o destino mais provável que aguardava Manya: um pedaço de céu pequeno demais e um coração quase roto depois de ter se espatifado tantas vezes contra os limites. Não creio que naquela época alguém desse um centavo pela pequena Skłodowska.

Mas Marie tinha #ambição. Bem, daquele jeito confuso e contraditório com que nós, mulheres, nos relacionamos com nossas ambições. Felizmente as coisas estão mudando muito nas gerações mais novas, mas até bem pouco tempo, uma ou duas décadas atrás, o maior problema da mulher ocidental consistia em não saber viver para o seu próprio desejo: vivia sempre para o desejo dos outros, dos pais, namorados, maridos, filhos, como se suas aspirações pessoais fossem secundárias, improcedentes e defeituosas. E não é de estranhar esse caos mental, já que fomos educadas durante séculos no convencimento de que #ambição não é coisa de mulher. Nos tempos de Marie Curie, pretender brilhar por conta própria era algo anormal, presunçoso e até mesmo ridículo. E assim, sem modelos a seguir e contra a corrente geral, é muito difícil seguir em frente, ainda que você tenha uma vocação, ainda que esteja convencida do seu valor, porque todos à sua volta repetem incessantemente que você é uma intrusa, que não vale o suficiente, que não tem o direito de estar ali, ao lado dos homens. Que você é uma #mutante, um fracasso como mulher e uma aberração como homem.

Quantas mulheres geniais não devem ter sucumbido diante dessa pressão. Foi justamente o que aconteceu com Carmen Laforet: ela sabia que tinha um talento literário descomunal, e sua #ambição estava à altura desse talento; mas não teve força psicológica suficiente para bancar suas aspirações em meio ao machismo obsceno do pós guerra espanhola. Nunca mais escreveu nada tão valioso quanto seu primeiro romance, na verdade escreveu bem pouco depois disso. Quebrou-se. Arruinou-se. Laforet, sim, acabou envelhecida e sombria, com o peito palpitando de impotência e asfixia.

Por isto, porque era muito duro e arriscado avançarem sozinhas, muitas mulheres resolveram seus anseios de sucesso de maneira tradicional, vicariamente, grudando no sexo masculino como parasitas e vivendo o destino do seu homem. São mulheres que fazem tudo pelo seu cavalo de corridas: cuidam, alimentam, penteiam, servem de secretárias, amantes, mães, enfermeiras, publicitárias, agentes, guarda-costas. São até mesmo capazes de morrer por ele, se for o caso. Como Eva Braun fez com Hitler. Acho que Eva se suicidou no bunker convencida de que assim entraria para a história. E estava certa. Isso que é #ambição, hein? Eu me pergunto até onde Eva Braun chegaria se tivesse tido peito para batalhar pelo seu próprio destino. Trabalhando como fotógrafa, por exemplo: ela adorava tirar fotos e não era nada má.

Manya também esteve à beira da desistência. Em 1890, sua irmã Bronya lhe escreveu de Paris dizendo que estava terminando os estudos, que ia se casar e que Marie podia vir à Sorbonne no ano seguinte para estudar. Mas a futura Madame Curie respondeu com esta carta desoladora:

> Havia sonhado com Paris como uma redenção, mas faz muito tempo que a esperança da viagem me abandonou

e, agora que surge essa possibilidade, não sei o que fazer. Tenho medo de falar com papai. Acho que nosso projeto de vivermos juntos no ano que vem lhe tocou o coração [...]. Gostaria de dar a ele um pouco de felicidade em sua velhice. Por outro lado, me parte o coração quando penso em minhas aptidões perdidas...

Suas *aptidões perdidas*... Manya sabe que é boa, mas como é difícil manter essa convicção quando não há mais ninguém para confirmá-la. Por outro lado, aqui a vemos a ponto de se sacrificar para assumir o manjadíssimo papel da filha que se encarrega de cuidar de um dos seus progenitores: #honrarospais. Mas o que será que realmente havia acontecido com Marie naqueles anos para que parecesse tão derrotada? Pense um pouco. Pense no mais óbvio. Feche os olhos por um segundo e não continue lendo. Pense, e com certeza você vai acertar.
Exatamente. *Cherchez l'homme*. O que aconteceu é que Manya se apaixonou feito uma cabritinha. E estava sofrendo graves penas sentimentais.
Mas vamos começar do início. E o início é a falta de #lugardasmulheres. Os espaços equívocos pelos quais elas tradicionalmente circularam. Quando Marie se recuperou da depressão que havia sofrido aos quinze anos depois de terminar o instituto (talvez pela morte da mãe, da irmã, pela falta de dinheiro e de opções para continuar estudando) e procurou emprego para poder pagar os estudos de Bronya, descobriu que ser preceptora era uma chatice, pois se tratava de uma figura indefinida: eram senhoritas cultas e de boa família, mas obviamente pobres, por isso precisavam trabalhar, e essa necessidade as equiparava à criadagem. Ou seja, estavam numa espécie de limbo social, supostamente eram respeitadas como iguais pelos patrões, porém ocupavam uma posição tão falsa que a realidade cotidiana se encarregava de

colocá-las no seu lugar, como se dizia com crueldade — isto é, se encarregava de humilhá-las às vezes. Nos seus romances, Jane Austen descreveu com delicadeza este #lugar sem lugar de tantas garotas desesperadas. É preciso levar em conta que, até o século XX, as mulheres tiveram bem poucas opções de trabalho. As operárias trabalhavam o dobro e ganhavam a metade do que seus maridos recebiam, mas as de classe média nem mesmo podiam ser empregadas, salvo em alguns poucos ofícios de perfil escorregadio: preceptora, dama de companhia... Não havia outra saída senão fazer isso ou escolher uma das três ocupações tradicionais: freira, puta ou viúva. Digamos que, ao longo dos séculos, esses três #lugares foram praticamente os únicos que as mulheres puderam ocupar para reger suas vidas por si próprias e fazer uma boa carreira profissional. Abadessa de convento. Cortesã de luxo. Viúva alegre e ativa, capaz de levar adiante a empresa ou o império do esposo falecido. Como a estupenda Veuve Clicquot [Viúva Clicquot], que à morte do marido em 1805 conseguiu transformar seu champanhe num borbulhante sucesso. Ou como a terrível e malvada imperatriz Irene de Bizâncio, que assumiu o poder em 780 quando seu cônjuge, o imperador Leão IV, morreu subitamente.

Fora desses escassos #lugares sociais autorizados, as mulheres que quisessem circular livremente pelo mundo tinham de se disfarçar de homens. E deve ter havido muitas e muitas mulheres travestidas desde o início dos tempos. Só no *Dom Quixote* são mencionadas várias delas como algo muito normal. Mas o castigo por esse atrevimento podia ser terrível. É o que mostra de forma exemplar a história da papisa Joana, uma lenda particularmente expressiva. Conta-se que, no século IX, houve uma mulher que chegou a ser papa durante dois anos, sete meses e quatro dias, fazendo-se passar por homem. Uns dizem que seu papado foi entre 855 e 857, e nesse caso ela teria sido Bento III; e outros que foi em 872, o que corresponderia a João VIII. O fato é que Joana nasceu em Mogúncia, e era muito inteligente e amante do conhecimento, como nossa Manya. Porém, como não podia estudar sendo mulher, disfarçou-se de frade. Viajou a Atenas na companhia de outro religioso e ali conseguiu se tornar uma figura intelectual muito respeitada. Sendo um "sábio" célebre, Joana foi para Roma e conquistou a cidade de tal maneira que se elegeu papa por unanimidade. Aliás, diz a lenda que seu mandato foi bom e prudente. Mas engravidou do seu amigo frade e, um dia, enquanto cruzava a cidade com todos os arreios pontifícios em meio a uma procissão solene, Joana entrou em trabalho de parto prematuro e deu à luz diante da multidão. Imagine só a cena: a tiara dourada, a férula, as sedas, os magníficos brocados, tudo encharcado de sangue feminino e lambuzado daquelas humildes melecas placentárias. Conta-se que o povo, tão furioso quanto horrorizado, avançou sobre a papisa, amarrou-a pelos pés ao rabo de um cavalo, arrastou-a e apedrejou-a por meia légua até matá-la. Isso aconteceu num beco estreito entre o Coliseu e a basílica de São Clemente, e acredita-se que durante séculos esteve instalado ali um marco lembrando o evento, que dizia: *Peter, Pater Patrum, Papisse Prodito Partum* (Pedro, padre dos padres, propiciou o parto da papisa), inscrição que é uma verdadeira apoteose do poder patriarcal e que enterra sob uma catarata de viris "pês" a insolente intrusa. Por último, também se conta que, depois dessa terrível subversão da ordem, dessa tentativa de usurpar o máximo #lugardohomem no mundo (não se esqueça de que o papa é o representante terreno de um Deus sem dúvida macho), instituiu-se por vários séculos um curioso ritual na eleição dos pontífices. Consistia em que, antes da coroação, o sumo sacerdote tinha de se sentar numa cadeira de mármore vermelho com o assento furado, e então o prelado mais jovem (mais jovem porque os novatos sempre levam a pior, ou por ser mais agradável ao pontífice?) teria de apalpar seus genitais por baixo do assento e depois gritar: "*Habet!*", ou seja, "Tem". A que os outros cardeais respondiam "*Deo Gratias!*", imagino que cheios de alívio e regozijo depois de confirmar que o novo Peter era outro Pater. Nada de Madres por enquanto, por favor. Essa lenda da papisa Joana foi muito famosa durante vários séculos e as pessoas juravam de pés juntos que era verdade, até que no século XVI a Igreja a repudiou oficialmente. Mas tanto faz se é verdade ou mentira; o que importa é sua incrível força simbólica e como ilustra bem o medo do mundo masculino à ascensão social da mulher — além de servir como parábola didática para ensinar à mulherada que tentar ocupar o #lugardoshomens era castigado de um jeito horrível.

É o que fará Marie Curie: ocupar #lugares nunca antes pisados por mulheres, e sem dúvida pagará um preço alto por isso. Mas vários anos antes, e assim como milhares de outras garotas, a jovem Skłodowska foi contratada como preceptora. Primeiro, numa casa tão horrível que o emprego durou bem pouco. Depois, no campo, longe de Varsóvia, com uma família nacionalista e amável, os Żorawski. Manya escreveu à prima:

> Para os meninos e meninas daqui, palavras como *positivismo* ou a *questão social* são objeto de aversão, supondo que já ouviram falar delas, o que não é muito comum [...]. Se você pudesse ver como estou me comportando bem! Vou à igreja todos os domingos e às festas de guarda sem jamais alegar uma dor de cabeça ou um resfriado para me livrar. Quase nunca menciono o tema da educação superior para mulheres. Em geral, quando falo, respeito o decoro que se espera de alguém em minha posição...

Apesar do incômodo dessa posição, desse #lugar tão escorregadio, Marie não pôde evitar totalmente ser quem era: organizou uma escola clandestina para ensinar os camponeses da região a ler e escrever em polonês, um projeto arriscado pelo qual poderia ter sido presa. Ela já havia participado antes da resistência por meio da Universidade Volante de Varsóvia, um movimento educativo secreto: os estudantes tinham aulas de nível superior e ao mesmo tempo ensinavam os operários. Tudo isso era proibido e envolvia perigo: me faz recordar dos comoventes esforços daquelas professoras que continuavam dando aula secretamente às meninas no terrível regime dos talibãs.

E o que aconteceu foi que, no verão, Marie conheceu o filho mais velho dos Żorawski, Casimir, um rapaz da sua idade que estudava matemática em Varsóvia, e se apaixonaram. Faíscas saltaram dos seus olhos, sinos ensurdecedores tilintaram nos seus ouvidos e as estrelas começaram a dançar. Enfim, a parafernália habitual do primeiro amor.

Sarah Dry inclui uma foto de Casimir na sua biografia de Curie e podemos dizer que ele era muito atraente:

Ah, danadinha! No fim das contas, nossa CDF gostava dos bonitões (a seu modo, Pierre Curie também não era nada mal):

De maneira que, nesse assunto, a transgressora Marie era bastante convencional. E, para minha vergonha, devo reconhecer que comigo acontece o mesmo. Não é certo, não é lógico, não bate com meus princípios nem com minhas ideias, mas eu gosto dos bonitões. Sempre me irritou e me angustiou essa propensão tão humana de revelar uma irremediável fraqueza pela beleza. Talvez seja apenas uma imposição genética, algo inscrito cegamente nas nossas células, porque nos animais a beleza (isto é, a simetria) parece ser um indício da sua boa capacidade reprodutora; mas sendo os humanos criaturas complexas e distantes do instinto em tantas coisas, por que permanecer presos a esse truque biológico? O fato é que pessoas bonitas tendem a nos parecer mais inteligentes, mais sensíveis, mais simpáticas, mais honestas, mais-mais e tudo de bom. Dê uma olhada neste rosto, por exemplo: você não acha que sugere uma índole doce e delicada?

Pena que seja uma foto de Jeffrey Dahmer, o "Açougueiro de Milwaukee" (1960-94), que assassinou, torturou, mutilou e devorou dezessete homens e garotos. A realidade é teimosa e complexa e insiste em nos contradizer obscenamente quando nos mostramos sonhadores.

Creio que esses excessos de idealização acometem sobretudo nós, mulheres, que revelamos uma facilidade desmedida de fantasiar o amado. Sim, já sei que generalizações contêm sempre uma dose de estupidez, mas permita-me brincar um pouco de falar sobre *os homens* e *as mulheres*, embora soe esquemático. Assim, penso que quando acreditamos estar apaixonadas por alguém, imediatamente listamos, como fonte do nosso entusiasmo, um devaneio de virtudes sem fim que atribuímos àquela pessoa (inteligente-bom-charmoso-etc.), quando o que nos atraiu e a única coisa que realmente sabemos dele (ou dela, não sei se acontece o mesmo nas relações homossexuais) é que tem olhos de uma cor admirável, dentes muito brancos entre lábios carnudos, ombros vigorosos e um pescoço apetitoso de morder. Porque nós, mulheres, somos prisioneiras do nosso romantismo pernicioso, de uma idealização desenfreada que nos faz buscar no amado o suprassumo de todas as maravilhas. E mesmo quando a realidade nos mostra repetidamente que não é bem assim (por exemplo, quando nos apaixonamos por um cara tosco, grosseiro), dizemos para nós mesmas que essa aparência é falsa; que lá no fundo nosso homem é um doce de pessoa e que, para revelar sua genuína ternura, só precisa se sentir mais seguro, mais querido, mais bem acompanhado. Resumindo: estamos convencidas de que poderemos mudá-los graças à varinha mágica do nosso carinho. De que vamos resgatar e libertar o verdadeiro amado, que está preso nos seus traumas emocionais. Nós o salvaremos de si mesmo.

As mulheres padecem da maldita síndrome da redenção.

Acho que os homens, por sua vez, costumam ser mais saudáveis nesse ponto e são capazes de nos amar pelo que realmente somos. Não nos idealizam tanto, provavelmente porque não têm tanta necessidade (durante séculos o amor foi a única paixão permitida às mulheres, enquanto os homens podiam se apaixonar por muitas outras coisas), ou talvez não tenham tanta imaginação. O fato é que eles nos olham e nos veem, enquanto nós olhamos para eles e, no calor da paixão à primeira vista, o que vemos é uma fabulosa quimera. Há uma frase genial de um comediante francês chamado Arthur que diz: "O problema dos casais é que as mulheres se casam pensando que eles vão mudar, enquanto os homens se casam pensando que elas nunca vão mudar". Que tremenda lucidez e que tiro na mosca! A imensa maioria de nós está empenhada em mudar o amado para que se adapte aos nossos sonhos grandiosos. Achamos que, se o curarmos das suas supostas feridas, nosso amado idealizado emergirá em todo o seu resplendor. As histórias infantis, tão sábias, dizem isso claramente: passamos a vida beijando sapos, convencidas de que podemos transformá-los em príncipes encantados.

Mas sapos são sapos, coitadinhos. Ninguém pode mudar ninguém, e é profundamente injusto exigir que um batráquio se transforme em outra coisa. De modo que, quando o tempo passa e vemos que nosso homem não vira super-homem, começamos a sentir uma frustração e um rancor insanos. Apagamos o brilho dos nossos olhos, aqueles refletores com que antes costumávamos iluminá-los como se fossem as estrelas do nosso filme, e passamos a olhá-los com desprezo e desilusão, como se fossem carrapatos. Quando Arthur diz que os homens pensam que não vamos mudar, não se refere a ficarmos bundudas ou cheias de celulite, mas sim a nossos olhos se encherem de aspereza, a deixarmos de mimá-los ou de cuidar deles como se fossem deuses, a destruirmos a vida a dois com discussões amargas. Às vezes esse processo de desencanto é tão feroz que a convivência se transforma num inferno para ambos. Patricia Highsmith, formidável domadora de demônios, reflete essa cruel transformação do amor em ódio em vários dos seus romances, mas sobretudo no desolador *Águas profundas*. Em contrapartida, acho que desde o princípio somos para eles umas rãzinhas encantadoras. Nisso são menos exigentes, mais generosos. Invejo a naturalidade com que nos veem e nos desejam.

Voltando à nossa Marie, acredito que, por baixo da sua rígida contenção, e justamente por isso, havia uma verdadeira torrente passional. Transbordavam sentimentos vulcânicos das cartas que escrevia na juventude, no diário que fez depois da morte de Pierre, nas poucas linhas que mandou ao seu amante, Langevin, e que quase provocaram uma tragédia. A paixão se escondia nos altos e baixos do seu temperamento, nas crises de melancolia, na sua sensibilidade à flor da pele. Por isso, posso imaginar o que deve ter sido aquele primeiro amor por Casimir. Deus do céu! Aquela mulher de ideias e desejos tão poderosos, aquela força da Natureza, cegamente apaixonada pelo rapazinho lindo (embora com certeza Manya achasse que o amava porque era um bom matemático). Deve ter sido um espetáculo emocional digno de se ver.

E então aconteceu o que acontecia nos romances de George Elliot: quando Casimir disse aos seus pais que queria se casar com Manya, os adoráveis Żorawski se descabelaram e deixaram de ser adoráveis. Como assim, com uma preceptora? Nem pensar. Pior: se o filho insistisse no casamento, seria deserdado de modo fulminante. E aqui termina a história em termos formais. No auge da tristeza e da humilhação, Marie teve de continuar como preceptora dos Żorawski por mais dois anos, até o contrato acabar, fingindo que nada havia acontecido. Deve ter sido muito penoso, sem dúvida.

Só que, para piorar, a história com Casimir não terminara por completo. É de supor que o garoto flutuava num mar de dúvidas, que dizia e desdizia sem se atrever a romper com a família, e suponho que Manya manteve para além do aceitável as esperanças de que ele mudasse (isso lhe soa familiar?). O fato é que o último encontro com Casimir foi em 1891, pouco antes de ela ir para Paris, o que significa que essa maldita história, ou essa não história, durou quase cinco anos. E aqueles foram os tempos mais difíceis. Uma época de choro e chumbo que quase acabou com Marie. Escreveu uma carta ao seu irmão que dizia:

> Agora que perdi a esperança de ser alguém, deposito todas as minhas ambições em Bronya e em você. Pelo menos vocês dois devem dirigir suas vidas de acordo com seus dons. Esses dons, que sem dúvida existem em nossa família, não devem ser desperdiçados... Quanto mais tristeza sinto por mim, maior a esperança que tenho em vocês.

Sempre a consciência dos dons. E a desmoralização, a incapacidade de assumir a enorme luta que implicaria tentar desenvolver seu próprio talento. "Querida Bronya: fui idiota, sou idiota e continuarei sendo pelo resto de minha vida, ou talvez seja melhor traduzir para uma linguagem mais clara: nunca tive, tenho nem terei sorte."

Essa veemência na autoflagelação é típica da apaixonada que sente estar se expondo ao ridículo. Por que outro motivo uma mulher pode dizer com tanto desespero que foi, é e será uma idiota, senão por estar com o coração partido? São palavras que parecem tiradas de um melodrama sentimental, de tão óbvias. O desamor é chavão, ridículo, monumentalmente exagerado. Mas dói, e como dói! Parece mentira que o fim de uma ilusão amorosa que talvez tenha durado apenas algumas semanas possa lhe afundar em semelhante inferno. Já se sabe que sofrer de amor é como ficar enjoado num barco: as pessoas acham que você está se divertindo, mas você sente como se estivesse morrendo. Em 1888, enquanto suportava a amargura de continuar trabalhando na casa de quem a rejeitara como nora, Manya escreveu esta carta a uma amiga: "Caí numa profunda melancolia [...]. Eu mal tinha dezoito anos quando cheguei aqui, e não há o que eu não tenha sofrido! Passei momentos que estarão entre os mais cruéis de minha vida!".

E isso quem diz é uma garota que viveu a morte da mãe e da irmã mais velha antes de completar onze anos! Mas a ferida sentimental lhe parecia mais insuportável, mais atroz. Sim, penas amorosas abrem abismos surpreendentes, espasmos de agonia que na verdade eu acho que se referem a outra coisa, vão além da história amorosa em si, estão ligadas a algo muito básico da nossa construção emocional, à pedra fundamental em que está assentado o edifício que somos. O desamor derruba e derrota. "A tensão que isso lhe causa [a história de Casimir], veio somar-se ao seu transtorno", escreve, na época, o pai a outra das suas filhas: percebe-se que, desde a depressão sofrida aos quinze anos, ele a considerava frágil, nervosa, apaixonada demais.

E assim estava Manya: prestes a jogar a toalha. Um jovenzinho bonito quase a fez se render e aceitar o tradicional destino de sacrifício da filha que fica para cuidar do pai. Fico arrepiada só de pensar que aquele mentecapto esteve a ponto de nos privar da existência de Marie Curie! (Casimir acabaria se tornando um dos matemáticos mais importantes da Polônia, mas ainda assim continuo achando-o emocionalmente lamentável). Pergunto-me quantas Manyas terão se perdido pelo caminho de modo parecido... Quantas possíveis pintoras, escritoras, engenheiras, inventoras, exploradoras, esculturas, médicas, geômetras, geógrafas, astrônomas, historiadoras, antropólogas... Quantas outras maravilhosas mulheres radioativas nunca chegaram a irradiar? Espero que o covarde do Casimir e sua família convencional tenham morrido de arrependimento ao ver a pequena preceptora Manya transformada na fulgurante Marie Curie (com certeza a própria Marie também deve ter pensado nisso com satisfação).

O fogo doméstico do suor e da febre

A #infância é um lugar ao qual não podemos voltar (e em geral tampouco queremos: eu, certamente, jamais voltaria), mas na verdade nunca saímos de lá. "O menino é o pai do homem", dizia Wordsworth num célebre verso, e tinha razão: a #infância nos forja, e o que somos hoje tem raízes no passado. Dizem que a humanidade pode ser dividida entre aqueles cuja infância foi um inferno — os quais, nesse caso, sempre viverão perseguidos por tal fantasma — e aqueles que desfrutaram uma infância maravilhosa, o que é ainda pior porque perderam o paraíso para sempre. Brincadeiras à parte (ou talvez não seja brincadeira?), a #infância é uma etapa danada. Toda aquela fragilidade, aquela impotência, a intensidade de emoções; além da imaginação febril, o tempo eterno e uma necessidade de carinho tão desesperadora como a do náufrago que agoniza por um copo d'água. Na infância estamos sempre a ponto de morrer, metaforicamente falando. Ou, pelo menos, de que morrram ou sejam mutilados alguns dos nossos galhos. Crescemos como bonsais, torturados, podados e diminuídos pelas circunstâncias, convenções, preconceitos culturais, imposições sociais, traumas infantis e expectativas familiares. #honrarospais.

Houve um tempo em que preguei na parede de casa fotos dos meus amigos de quando eram crianças. Depois, em alguma das minhas mudanças, guardei-as numa caixa. Não sei por que as tirei do mural, eram maravilhosas. Estavam tão despidos, eram tão transparentes naqueles retratos. Depois da morte de Pablo, seu primo Rafael Fernández del Amo me mandou esta foto:

No verso diz: "Na represa de El Burguillo. Valdelandes. Verão 1961". Pablo é o menorzinho, o que aparece ao fundo com a cabeça inclinada. Tinha acabado de fazer dez anos. E a verdade é que ele já estava inteiro ali, mas com a inocência e a ignorância do que a vida lhe traria depois. É estranho: desde que ele morreu não sinto apenas falta da sua presença, de continuar vivendo com ele e de vê-lo envelhecer. Também tenho saudades do seu passado, das muitas vivências que não conheci. Dessa infância, dessa tarde de verão num barquinho. Queria poder sorver, como um vampiro, todos os seus momentos de felicidade.

Acho que é uma questão de #intimidade. Pablo e eu passamos 21 anos juntos. Foi, tanto para ele quanto para mim, a relação mais longa das nossas vidas, com ampla diferença sobre as anteriores (em ambos os casos, não mais de quatro anos). Acho que o conheci melhor do que ninguém, e sem dúvida não houve nem haverá na minha vida uma pessoa que chegue a me conhecer tão bem quanto ele: mesmo se eu tiver a sorte de viver outros 21 anos com saúde, e a bastante improvável ventura de vivê-los acompanhada do melhor parceiro possível, essa etapa que me resta já não é tão central, tão intensa, tão mutável, tão eloquente como os anos que compartilhei com Pablo. Essa mágoa da #intimidade perdida (para sempre, para sempre, de novo essa expressão maldita e insistente) é um efeito colateral que vem com o luto e que todos os viúvos de longos relacionamentos conhecem muito bem. Na primeira página do seu diário, Marie fala dos últimos dias que passou com Pierre. Era feriado de Páscoa e eles passaram um final de semana juntos no campo, num pequeno vilarejo chamado Saint-Rémy-lès-Chevreuse:

Para comer, fiz o creme de que gostavas. Dormimos em nosso quarto com Ève [que na época tinha catorze meses]. Tu disseste que preferia aquela cama à de Paris. Dormíamos enroscados um no outro, como de costume, e eu te dei um lencinho de Ève para cobrires a cabeça.

Ah, quanta #intimidade há nessas linhas! A vida real, a mais verdadeira e profunda, é feita dessas pequenas banalidades. Marie fez o creme de que ele gostava. E não nos diz qual era, mas sem dúvida sabia o ponto exato de cozimento que Pierre queria, se preferia tomá-lo num prato ou numa caneca, mais quente ou mais frio. E o que dizer da cama de Paris em oposição à cama de Saint-Rémy? Nossas camas são tão importantes! Ocasionalmente, embora cada vez menos, serão o cenário da nossa morte. Em todo caso, são o refúgio da nossa nudez mais absoluta, e não me refiro apenas à falta de roupa. Por que Pierre preferia a cama do campo? Era mais macia, mais dura, mais alta, baixa, estreita, larga, estava ao lado de uma janela, junto a uma parede, tinha vista, tinha luz? É claro que Marie poderia responder a todas essas perguntas, e isso, precisamente isso, é conhecer alguém.

Possuir alguém. Dormiam enroscados um no outro "como de costume": eis a #intimidade explodindo no glorioso amor da pele. Um amor animal. E o melhor: ela lhe deu um lencinho para cobrir a cabeça. Aqui, chegamos à zona abissal da #intimidade. Alcançamos as manias de cada um: águas profundas. Escrevi num romance que o amor consiste em encontrar alguém com quem compartilhar esquisitices. Pierre gostava de se cobrir com um pano. Meu pai também: enrolava na cabeça a dobra do lençol. Continuar amando alguém que põe um lencinho bordado de bebê no cocuruto ou se enrola feito muçulmana num xador é a prova máxima do amor verdadeiro. Não há nada ridículo na #intimidade, não há nada escatológico nem repudiável nesse lento fogo doméstico de suor e febre, de ranhos e espirros, de peidos e roncos. Bem, estes últimos costumam ser motivo de muitas brigas, mas mesmo a isso você acaba se habituando. A #intimidade: não ter muito claro onde você termina e o outro começa. E saber tudo daquela pessoa, ou ao menos saber tanto. No seu belíssimo livro *Tempo de vida*, escrito após seu pai morrer de câncer, Marcos Giralt Torrente anota os gostos do falecido num longo relatório de dados ínfimos: "Tinha uma queda por frituras e por tudo que levasse molho bechamel [...], gostava de embutidos, macarrão, almôndegas; gostava de repolho, beterraba, atum...". Todas essas pequenezas, de fato, constituem uma pessoa. São nossa fórmula básica, a garatuja única que cada um desenha na existência. Por exemplo: eu detesto couve e fico beliscando a pele dos dedos até sangrar. Essas ninharias, e muitas outras, são exatamente o que sou.

É por isso que eu lamento não conhecer também o passado, a vida de Pablo que não vivi. Quero saber tudo sobre ele. Se pudesse saber tudo, absolutamente tudo, seria como se ele não tivesse morrido. "Carregamos nossos mortos nas costas", Amós Oz me disse numa entrevista (os judeus têm tantos mortos, argumentava ele, que o peso é sobre-humano). Ou, antes, somos relicários de quem amamos. Nós os trazemos aqui dentro, somos a memória deles. E não queremos esquecer:

> Irène brinca com seus tios. Ève, que enquanto tudo estava acontecendo corria pela casa com uma alegria inconsciente, brinca e ri, todo mundo fala com ela. E eu vejo os olhos de meu Pierre em seu leito de morte e sofro. E parece que já estou vendo chegar o esquecimento, o terrível esquecimento, que mata até mesmo a lembrança do ser amado.

Não querer esquecer é uma obviedade, um lugar-comum do qual todo mundo lhe fala, e que certamente dificulta o luto e o torna mais longo. Mas faz sentido resistirmos ao esquecimento, porque essa é a derrota final contra nossa grande inimiga, contra essa morte sórdida que é a destruidora dos prazeres, a separadora das comunidades, a demolidora dos palácios e a construtora dos túmulos, como é chamada em *As mil e uma noites*, um livro que tem muita consciência do combate desigual dos humanos contra a Morte.

De modo que Marie recordava Pierre na própria carne, e por isso proibiu as filhas de mencionarem o pai na sua presença: suponho que lhe doía demais e ela temia desabar na frente das meninas. Em todo caso, essa proibição me parece brutal e típica de uma mulher violentamente possuída pelas suas emoções, embora se esforçasse em escondê-las. Ela mesma admitiu seu dissímulo na carta que escreveu a uma amiga aos vinte anos:

> Quanto a mim, estou muito contente, pois amiúde escondo, rindo, minha absoluta falta de alegria. É algo que aprendi a fazer quando percebi que quem vive tudo tão intensamente como eu, e não é capaz de mudar essa característica de sua natureza, tem de dissimulá-la o melhor que pode.

Marie com Ève e Irène em 1908.

Como os gêiseres, só de vez em quando ela deixava escapar seu interior ardente.

Há uma foto aterradora de Marie e de suas filhas no jardim de casa. Parece o retrato trágico de um luto recente, seria possível dizer que acabaram de voltar do cemitério, mas foi tirada dois anos depois da morte de Pierre. As meninas têm a mesma expressão de dor contida, principalmente Irène, que abraça a mãe de um jeito comovente, não sei se tentando protegê-la. Deve ter sido uma infância difícil para as duas órfãs. Ève reconheceu isso mais tarde e por escrito, mas acho que foi Irène quem levou a pior. Eu diria que Marie Curie, a grande Marie, foi uma mãe terrível para a filha mais velha. Uma mãe de exigência insaciável que, quando Pierre morreu, entregou a menina como oferenda à memória sagrada do marido. Escreveu no diário, poucas semanas depois do falecimento:

Eu sonhava, meu Pierre, e te disse isso tantas vezes, que essa menina, que prometia se parecer contigo na expressão séria e tranquila, se tornaria o mais cedo possível tua companheira de trabalho, e que deveria a ti o melhor de si própria.

Irène recebeu a incumbência de substituir o pai e obedeceu: #honraramãe. Obedeceu com tanto afinco, com uma entrega tão tremenda, que não apenas conseguiu ganhar também um Nobel de química, como morreu prematuramente aos 59 anos em consequência das radiações, enquanto sua mãe morreu aos 66. Nesse sacrifício ela a superou.

Há um poema assombroso de Philip Larkin sobre esse legado de sofrimento que muitas vezes herdamos dos pais. Chama-se "This Be the Verse" [Eis aqui o verso] e diz assim:

They fuck you up, your mum and dad.
They may not mean to, but they do.
They fill you with the faults they had
And add some extra, just for you.

But they were fucked up in their turn
By fools in old-style hats and coats,
Who half the time were soppy-stern
And half at one another's throats.

Man hands on misery to man.
It deepens like a coastal shelf.
Get out as early as you can,
And don't have any kids yourself.

Que, na minha tradução macarrônica, diz isto:

Eles te ferram, teu pai e tua mãe.

Talvez sem querer, porém te ferram.
Despejaram em você as culpas que tinham
E incluíram extras, só para você.

Mas eles também foram ferrados
Por cretinos de casacos e chapéus antiquados,
Que metade do tempo eram caretas ou severos
e a outra metade passavam brigando.

A desgraça passa de pessoa para pessoa.
Vai ficando tão funda como uma fossa marinha.
Saia daqui o quanto antes
E não tenha filhos.*

Na verdade, acho esse poema sombrio demais. Não acredito, em geral, que a situação seja tão desesperadora nem tão sinistra, e me consta que entre pais e filhos também pode haver uma quantidade incalculável de luz. Mas, sim, é verdade que essas relações tão essenciais estão entremeadas de felicidade e dor. Suponho que é inevitável projetar-se nos filhos de algum modo, da mesma maneira que é inevitável por parte dos filhos exigir dos pais uma dimensão mítica impossível. Ninguém quer causar mal a ninguém, mas amiúde causa; como provavelmente causou Marie sem querer e sem poder evitar, porque precisou lutar em muitas frentes. Eu não tive filhos, mas não por esse imperativo sórdido com que Larkin encerra seu

---

* A partir da tradução de Rosa Montero: *"Te joden bien, tu padre y tu madre./ Quizá no sea su intención, pero lo hacen. Te han colmado con los fallos que ellos tenían/ Y han añadido algo extra, solo para ti./ Pero ellos fueron jodidos a su vez/ Por cretinos vestidos con abrigos y sombreros anticuados./ Que la mitad del tiempo se comportaban entre ñoños y severos/ Y la otra mitad se la pasaban peleando./ La miseria se transmite de persona en persona./ Se va haciendo tan honda como una fosa marina./ Sal de aquí tan pronto como puedas/ Y no tengas hijos."* [N.T.]

poema. Na verdade, às vezes lamento não tê-los tido, porque procriar é um passo da maturidade física e psíquica: só esse amor absoluto e cintilante que os pais sentem pelos filhos permite superar o egoísmo individual que faz você colocar a própria integridade acima de tudo. Quero dizer que os pais são capazes de morrer pelas suas crianças: é um imperativo genético, um recurso de sobrevivência da espécie, mas também um gesto do coração que faz você ficar mais completo, mais humano. Nós que não temos filhos nunca cresceremos tanto assim. Eu não morreria por ninguém. Uma pena.

Escrevi as notas finais deste livro num caderno de Paula Rego, uma das pintoras contemporâneas de que mais gosto, ou talvez minha preferida. Nasceu em Portugal em 1935 e agora vive em Londres. Comprei o caderno no museu em Cascais dedicado à artista, e é realmente lindo; aqui e ali, espalhados entre as páginas em branco, há uma porção de desenhos de Rego, de modo que você vai escrevendo entre seus esboços.

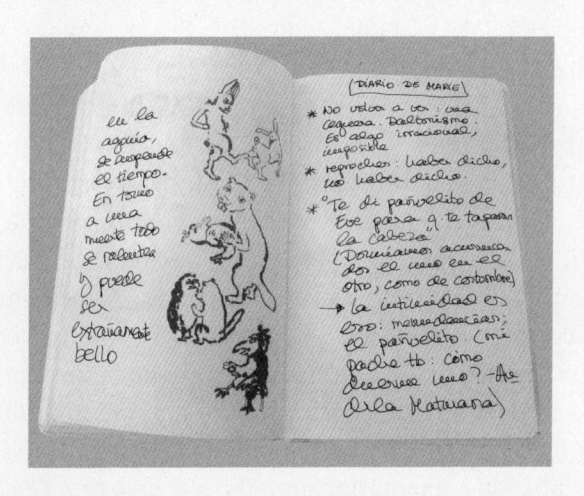

Por uma dessas curiosas #coincidências que tanto abundam na vida, Paula Rego tem uma série de desenhos tão brutal como tocante, intitulada *Mães e filhas*, e que reflete tudo isso de que estamos falando. Deixo aqui uma amostra:

Só que há mais pontos em comum (as #coincidências coincidem, como dizia o biólogo austríaco Paul Kammerer, autor de uma lei sobre casualidades), pois o marido de Paula Rego, que também era artista plástico, Victor Willing, morreu prematuramente em 1988, vítima de esclerose múltipla. Portanto, minha pintora preferida também pertence ao vasto clube das viúvas. Que louco, nunca pensei que enviuvaria porque tinha decidido não me casar (no fim acabei casando, com Pablo já doente). Lembro-me de que, quando criança, brincávamos de pular corda com esta cantiga: "Queria saber minha vocação, solteira, casada, viúva ou freira", e dependendo de onde você errava e pisava na corda, assim se apresentava seu futuro. Enfim, a letra é tão escancaradamente machista que podemos nos poupar do comentário. Suponho que esse tipo de canção e o contexto social que implicava contribuíram para eu me tornar tão alérgica ao casamento.

Mas, alérgica e tudo, aqui estou eu, viúva. Às vezes, com essa mania que todos temos de comparar nosso destino com o dos demais, olho as outras viúvas e faço incômodas e inúteis perguntas sem resposta a mim mesma: o que será que é melhor, seu companheiro falecer de repente — como Pierre Curie —, ou após um tempo de dor e sofrimento — como Pablo (dez meses) ou o marido de Rego (esclerose múltipla é um inferno)? O que será que é melhor, enviuvar jovem e então poder refazer a vida, ou mais velha, quando é mais difícil, embora você tenha curtido mais seu cônjuge? Em julho de 2011, a Organização Mundial da Saúde (oms) publicou um estudo sobre a depressão realizado em colaboração com vinte centros internacionais, dois deles espanhóis. A pesquisa foi feita com 89 037 cidadãos de dezoito países, ou seja, a amostra era realmente grande. É um trabalho muito interessante que compara todo tipo de fatores: renda, cultura, sexo, idade. Mas o que agora me interessa, e por isso toco no assunto, é que descobriram que estar separado ou divorciado aumenta o risco de sofrer depressões agudas em doze dos países, enquanto ser viúvo ou viúva tem menos influência em quase todos os lugares. Achei um dado incrível, chocante, que parece ir na contramão do que observamos e achamos lógico. Mas, se não se tratar de um erro e se for assim mesmo, o que isso significa? Que os separados ou divorciados se sentem fracassados? Que quando seu cônjuge morre, enquanto ainda é seu cônjuge, você pode mitificar essa relação, torná-la eterna, considerá-la bem-sucedida? Será que essas malditas mortes podem gerar algum pequeno consolo, afinal de contas?

Elogio dos esquisitos

Manya encontrou Pierre pela primeira vez na primavera de 1894, depois de ter conseguido se formar em física como a melhor aluna da turma. Bem, naquela época não se chamava mais Manya, e sim Marie: mudara de nome ao chegar a Paris, um claro símbolo da virada que queria dar na vida. Quando se conheceram, Marie tinha 27 anos e acredito que estava bastante esquelética, pois se alimentava de rabanetes e cerejas. Passou aquele verão na Polônia, mas voltou à Sorbonne no outono graças a uma bolsa para cursar outra licenciatura, agora em matemática. Como tudo que fez na vida, aquele segundo título também foi uma proeza: sentia-se culpada por abandonar o pai de novo para perseguir a quimera dos estudos. A #culpa é um sentimento tradicionalmente feminino. Sobretudo em épocas passadas, embora hoje em dia ainda restem uns fiapos que nos mancham, fios pegajosos como teias de aranha. É uma culpa socialmente induzida por ousar seguir seus desejos, por negligenciar suas obrigações de mulher. #Culpa por ser má filha, má irmã, esposa, mãe. Marie sentiu a mordida de todas essas culpas corrosivas e apesar disso continuou seu caminho: era uma mulher impressionante. "Não preciso dizer como me sinto contente por estar de novo em Paris... É minha vida inteira que está em jogo. Creio, portanto, que eu poderia ficar aqui sem nenhuma dor na consciência", escreveu numa carta ao irmão assim que voltou à universidade. Que corajosa e forte devia ser para dizer e fazer algo assim estando tão só, sem modelos de referência, quase sem outras mulheres, abrindo brechas na dura crosta de preconceitos como um pequeno navio quebra-gelo. Em outra carta de 1894 ao irmão, que na época se esforçava para se doutorar em medicina em Varsóvia, Marie dizia: "Parece que a vida não é fácil para nenhum de nós. Mas, e daí? Precisamos ter perseverança e principalmente confiança em nós mesmos. Precisamos acreditar que somos dotados para algo, e que alcançaremos esse objetivo, custe o que custar". Que fortaleza! A força implacável do seu projeto quase dá medo. "O que a mantinha era uma determinação de ferro, um gosto obsessivo pela perfeição e uma incrível teimosia", explica Ève. E ela devia conhecê-la bem.

No meio de toda essa luta apareceu Pierre. Um amigo em comum, um físico polonês de visita a Paris, convidou ambos para jantar na pensão onde estava hospedado:

> Quando cheguei, Pierre Curie estava de pé no umbral da porta de vidro de uma sacada. Pareceu-me muito jovem, embora tivesse 35 anos. Impressionou-me a expressão de seu olhar claro e a ligeira aparência desleixada de sua figura espigada. Seu jeito de falar, um tanto lento e pensativo, sua simplicidade, seu sorriso sério e ao mesmo tempo jovial inspiravam confiança. Entabulamos uma conversa sobre questões científicas, sobre as quais eu me sentia afortunada por saber sua opinião, e depois falamos de coisas de ordem social ou humanitária, que interessavam aos dois; a conversa era cada vez mais amistosa. Apesar da diferença entre nossos países de origem, havia uma assombrosa afinidade em nossa visão de mundo, em parte devido a certa semelhança na atmosfera moral e familiar em que havíamos sido criados.

Escreveu Marie muitos anos depois, já viúva, na biografia que redigiu sobre Pierre. E embora fosse parca e pulcra ao se exprimir, é evidente que achou Pierre bonito. Ficou impressionada ao vê-lo ali, sua silhueta contra a janela, numa espécie de aparição ou imagem teatral. Posso imaginar aquela conversa chispante e cada vez mais íntima, ainda que falassem de temas científicos e humanitários. Ou justamente por isso: não apenas se tratava de assuntos que eram muito importantes para os dois, como também tenho certeza de que Marie Curie baseava seus encantos no seu intelecto. Todos temos nossas armas secretas de sedução, principalmente nós, que não somos bonitos: alguns conquistam pela inteligência, outros tentam ser engraçados, ou atléticos, ou elegantes, ou cultos... (eu sempre seduzi através da #palavra, para poder namorar eu precisava falar, por isso detestava as ensurdecedoras discotecas). Embora quando jovem não lhe faltassem atrativos, Marie era a mais feia dentre suas belas irmãs, e tenho a sensação de que nunca se considerou bonita. Mas ela sabia que seu cérebro era uma joia. Com certeza fascinou Casimir com sua deslumbrante mente matemática, e no seu encontro com Pierre, que era um homem mais maduro e pleno, a sintonia e a sedução devem ter se manifestado explosivamente já no primeiro momento. Imagino o físico polonês que os apresentou esfregando as mãos, pensando como havia dado certo sua bela estratégia de cupido. Porque oficialmente o encontro era para ver se Curie podia emprestar um laboratório a Marie (não pôde), mas suspeito de que o polonês também teve uma intuição a respeito deles e adivinhou que aqueles dois amigos tão solitários e esquisitos podiam fazer muito bem um ao outro estando juntos.

    Tanto Pierre como Marie eram uns *freaks*, a quem queremos enganar? Ela, pioneira em tudo, era uma extravagância para a época. Mas ele também era bem esquisitinho. Aos 35 anos, ainda morava com os pais e era muito ligado ao seu irmão, e aquelas eram as únicas pessoas de quem havia sido íntimo em toda a sua vida. Desde pequeno fora um menino especial;

tinha dificuldade em passar rapidamente de um assunto a outro e precisava se concentrar em temas isolados para poder entendê-los. Considera-se comprovado que sofria de dislexia, como Einstein e talvez também Rutherford, outro prêmio Nobel da época e concorrente direto dos Curie: Einstein não falou até os quatro anos, e Rutherford, aos onze sabia ler, mas não escrever.

Porém, permita-me fazer aqui uma digressão para louvar os #esquisitos, os diferentes, os monstros, que costumam ser as pessoas que mais me interessam. Além de, com o tempo, ter descoberto que a normalidade não existe, que não vem da palavra normal, como sinônimo do mais comum, abundante, habitual, mas sim de norma, de regulação e ordem, a normalidade é uma baliza convencional que homogeneíza os humanos como ovelhas encerradas num curral; mas, se olharmos de perto o suficiente, todos somos distintos. Quem nunca se sentiu monstro alguma vez na vida? Além do mais, ser diferente pode ter certas vantagens. Em 2009, a universidade húngara de Semmelweis publicou um estudo fascinante realizado pelo seu departamento de psiquiatria. Pegaram 328 indivíduos saudáveis e sem antecedentes de doenças neuropsiquiátricas e fizeram um teste de criatividade com eles. Depois, verificaram se os candidatos mostravam determinada mutação num gene do cérebro ridiculamente batizado de neuregulin 1. Calcula-se que 50% dos europeus saudáveis possuem uma cópia desse gene alterado, 15% somam duas cópias e os 35% restantes não possuem nenhuma. E parece que esse gene de nome improvável tem relação direta com a criatividade: os mais criativos têm duas cópias, e os menos, nenhuma. Mas o melhor vem agora: possuir essa mutação também implica um aumento do risco de desenvolver transtornos psíquicos, assim como pior memória e... uma absurda sensibilidade às críticas! Não parece o perfeito retrato falado dos artistas? Pirados e pateticamente inseguros? Mas, por outro lado, essa gente meio estranha, muito neurótica e talvez um tanto frágil, parece ser mais imaginativa, o que não é nada mal. Esse estudo certamente poderia explicar a existência dos gênios.

Mas voltemos a Pierre Curie e às suas peculiaridades cognitivas. Ao perceber os problemas de aprendizagem que o menino tinha, seus pais, sensatos, decidiram educá-lo com um tutor em casa até os dezesseis anos, e assim conseguiram que o poderoso embora um tanto diferente cérebro do seu filho se desenvolvesse livremente. Depois, Pierre se formou em física na Sorbonne, e ele e seu irmão, ambos muito jovens, fizeram vários trabalhos espetaculares sobre cristais e magnetismo, descobrindo um fenômeno chamado piezoeletricidade e inventando instrumentos de medição que depois seriam importantíssimos. No entanto, Pierre era incapaz de tirar proveito desse brilhantismo todo: aos 35 anos, quando conheceu Marie, ainda não havia obtido o doutorado (embora qualquer descoberta sua bastasse para consegui-lo), e além disso trabalhava na medíocre Escola Municipal de Física e Química Industrial, um colégio de formação técnica. Vendo o Pierre anterior a Marie, a sensação é de que era um homem que não conseguia se integrar totalmente ao mundo. Ela foi sua âncora à realidade e, com efeito, logo o convenceu a finalmente terminar o doutorado.

O que fica claro é que foi mesmo amor à primeira vista, pelo menos para ele. No verão de 1894, ou seja, poucos meses depois de se conhecerem, Pierre escrevia a Marie, que estava em Varsóvia, coisas como:

> Seria lindo, embora não me atrevo a acreditar nisso, passarmos a vida um ao lado do outro, hipnotizados por nossos sonhos; *seu sonho* patriótico, *nosso sonho* humanitário e *nosso sonho* científico. De todos esses sonhos, acho que apenas o último é legítimo. Quero dizer que não está em nossas mãos mudar a sociedade, e se fosse assim, não

saberíamos o que fazer, e se agíssemos apressadamente jamais teríamos a certeza de não estarmos fazendo mais mal do que bem, adiando alguma evolução inevitável. Por outro lado, no âmbito da Ciência podemos pretender fazer algo; aqui o terreno é mais sólido e qualquer descoberta, por menor que seja, é uma conquista.

Acho essa carta uma maravilha, não só pela forma genial de oferecer a ela uma vida em comum, como também pela incrível lucidez com que escancara a índole cegante que as utopias sociais podem ter. E tudo isso dito um quarto de século antes da Revolução Russa. A análise serena de uma mente científica.
    No entanto, Marie resistiu um ano inteiro até lhe dizer sim. Casar com Pierre pressupunha ficar em Paris, e Marie angustiava-se por abandonar o que considerava sua obrigação: voltar à Polônia e ser professora, ficar ao lado do pai. #fazeroquesedeve. Além disso, depois da experiência com Casimir, sem dúvida lhe assustava duplamente a ideia de se entregar a alguém. Muitas mulheres temem que suas necessidades emocionais possam tirar sua #independência. Se sua #independência custou tanto quanto custou a de Marie, você tende a se transformar numa galinha choca que, sentada sobre o pequeno ovo da sua liberdade, desfere bicadas em quem se aproxima. Aconteceu um pouco comigo também, apesar de as minhas circunstâncias serem infinitamente mais favoráveis, por isso entendo o medo dela. Contudo, dito isso, e levando em conta a natureza secretamente vulcânica de Marie, pode parecer que no início ela não tenha se apaixonado por Curie de forma arrebatadora, porque uma paixão assim, do jeito que ela era intensa, teria passado por cima de ninharias como a Polônia, seu pai e sua #independência. No entanto, a relação, que talvez tivesse começado morna e tranquila demais para o coração guerreiro de Marie, logo se transformou numa história

de amor sólida e bonita. Quatro anos depois do casamento, em 1899, Madame Curie confessou a Bronya: "Tenho o melhor marido com que poderia sonhar, nunca havia imaginado que encontraria alguém como ele. É um verdadeiro presente do céu, e quanto mais vivemos juntos, mais nos amamos".

Tinham muitas coisas em comum. Para começar, os dois eram idealistas. Aos vinte anos, Pierre havia escrito: "É preciso transformar a vida em sonho e tornar os sonhos realidade". E Marie tinha profundas preocupações políticas, nacionalistas e sociais; queria fazer algo pela humanidade e sentia que isso era um dever moral. Para tanto, praticava o que chamava de *doutrina do desinteresse*, que consistia em estabelecer grandes objetivos e trabalhar para conquistá-los sem prestar atenção nas distrações mundanas. Soa seco, duro e árido, e é mesmo. Marie tinha algo de missionária, de freira laica, de visionária que queima na pureza da sua visão. Esse seu lado meio Joana D'Arc é talvez o que menos me atrai em Marie Curie. Mas com certeza esse núcleo incandescente de imensa vontade e duro sacrifício era necessário para conseguir tudo o que ela conseguiu, considerando as enormes dificuldades que enfrentava. Por outro lado, Marie era imensa, e sua formidável e complexa personalidade não podia reduzir-se a um perfil tão limitado, tão pobre, tão carente de refinamentos e prazeres. Por exemplo: sempre havia flores frescas na sua casa. E ela amava o campo. Passear de bicicleta. Fazer piqueniques. Sem falar da sua paixão pela pesquisa científica, um prazer em si mesmo. Além do mais, acredito que, com o tempo, Marie foi aprendendo a viver. No Natal de 1928, escreveu uma carta à filha Irène que dizia: "Quanto mais a gente envelhece, mais sente que saber gozar o presente é um dom precioso, comparável a um estado de graça".

Então Marie também sabia falar de gozo! O que não me surpreende, porque a imagino carnal e lasciva por trás da sua aparência adstringente e do cenho quase sempre franzido. Diz no seu diário:

Teus lábios, que outrora eu chamava gulosos, estão pálidos e descoloridos. Teu cavanhaque grisalho. Mal dá para ver teu cabelo, já que a ferida começa bem ali e é possível ver levantado o osso de cima à direita da testa [...]. Que golpe sofreu tua pobre cabeça, que tantas vezes acariciei com minhas mãos. E novamente baixei as pálpebras que tantas vezes fechavas para eu beijar com um gesto familiar e que hoje recordo, e que verei apagar-se cada vez mais na memória. Mesmo a lembrança já é confusa e incerta.

Quanta pele, quanto toque, quanto deleite no corpo do outro há nessas linhas. E quanto desespero por tê-lo perdido.

É verdade, a memória é traidora, frágil, mentirosa. Principalmente a memória visual, que se desintegra como um tecido velho ao primeiro toque. Claro que depois há a memória involuntária. Refiro-me à memória proustiana, aquela que por acaso evoca madeleines. É incrível, porque, quando alguém com quem você conviveu por muito tempo morre, não é só você que é afetado de maneira indelével, mas o mundo inteiro fica tingido, manchado, marcado por um mapa de lugares e costumes que servem de disparador para a evocação, muitas vezes com resultados tão devastadores quanto a explosão de uma bomba. E assim, um belo dia você está folheando tranquilamente uma revista quando vira uma página e *zás*, dá de cara com a fotografia de uma daquelas maravilhosas igrejas de madeira medievais da Noruega, aquelas incríveis construções arrematadas com dragões que mais parecem saídas de um passado viking que do cristianismo. E você havia estado ali com ele naquela viagem deliciosa à Noruega, vocês estiveram bem ali, diante dessa belíssima igreja de Borgund, absortos, entusiasmados e felizes. Juntos. Vivos. Buuuummmmm, a bomba da lembrança explode na sua cabeça, ou talvez no coração, ou na garganta. Puro terrorismo emocional.

Existem pessoas que, na sua dor, constroem uma espécie de ninho durante o luto e ficam morando ali dentro para sempre. Permanecem na casa em comum, repetem os destinos de férias, visitam ritualmente os antigos lugares compartilhados, mantêm os mesmos costumes em memória ao falecido. Não acho que isso seja bom, ou talvez seja, quem sabe? Quem sou eu para dizer como cada um deve tentar superar uma perda? De qualquer forma, essa não foi minha escolha. Mudei de endereço depois da morte de Pablo (Marie também mudou de casa quando enviuvou), e o mundo tem vários lugares que possivelmente não voltarei a visitar: Istambul, Alasca, Islândia, certas regiões das Astúrias e essas belíssimas igrejas de madeira.

Radioatividade e geleias

Em julho de 1895, um ano depois de se conhecerem, Pierre e Marie se casaram no civil em Paris; com o dinheiro que ganharam de presente de casamento, compraram duas bicicletas, e a lua de mel consistiu numa viagem sobre rodas por metade da França. Marie havia pedido que seu vestido de noiva, presente da mãe de Pierre, fosse "escuro e prático para poder usá-lo depois no laboratório, já que possuo apenas o vestido que uso diariamente". Władisław veio de Varsóvia para o evento e disse aos seus consogros: "Terão em Marie uma filha digna de ser amada. Desde que veio ao mundo, nunca me deu nenhum desgosto". Céus, isso era o melhor que podia dizer sobre sua filha? Era só isso que lhe importava? #fazeroquesedeve, #honraropai.

Pierre e Marie, em 1895.

Pierre disse à Marie que, se permanecera solteiro até os 36 anos, era porque não acreditava na possibilidade de um casamento que respeitasse o que para ele era uma prioridade absoluta, a entrega à Ciência. Em Marie, no entanto, encontrara sua alma gêmea. De fato, no começo da relação, em vez de mandar a ela um buquê de flores ou bombons, Pierre lhe enviou uma cópia do seu último trabalho, intitulado "Sobre a simetria dos fenômenos físicos: Simetria de um campo elétrico e de um campo magnético", que, convenhamos, não é um tema que qualquer garota ache fascinante.

Mas Marie achava. E não só: entendia do assunto, o que já era sem dúvida admirável. Sempre me encantaram essas sintonias, essas extraordinárias #coincidências do destino que de tempos em tempos a vida nos concede quando se torna magnânima, e que fazem com que, na imensidão do mundo, dois seres de difícil adaptabilidade se unam, como neste caso: duas mentes superdotadas, duas pessoas #esquisitas, solitárias, de intensa e utópica entrega, apaixonadas pela Ciência, de idades parecidas, do sexo oposto, sendo heterossexuais, as duas sentimentalmente desimpedidas no momento do encontro, ambas na idade ideal (porque podiam ter se conhecido idosos ou crianças) e, ainda por cima, atraídas sexualmente uma pela outra! Não é um milagre? Pois, para além dos horrores que tanto chamam a nossa atenção, a vida também está cheia desses prodígios.

E aqui começa a etapa mais utopicamente heroica da heroica vida de Marie Curie: a descoberta do polônio e do rádio. Uma vez concluídas as duas licenciaturas, Marie decidiu fazer doutorado. Uma aposta ambiciosa como todas as suas: só existira uma mulher no mundo a se doutorar em física: Elsa Neumann, em 1899, na Universidade de Berlim. Marie aspirava a muito, aspirava a tudo, e começou a pensar cuidadosamente no tema do seu doutorado. Em 1895, o físico alemão Wilhelm

Röntgen fazia experimentos com um tubo de raios catódicos e, um belo dia, descobriu os raios X por acaso (e por ter uma mente alerta, como bem lembra Sarah Dry); batizou-os de X justamente porque não sabia explicar sua natureza. A descoberta causou sensação e a famosa primeira radiografia da mão da sua mulher correu o mundo.

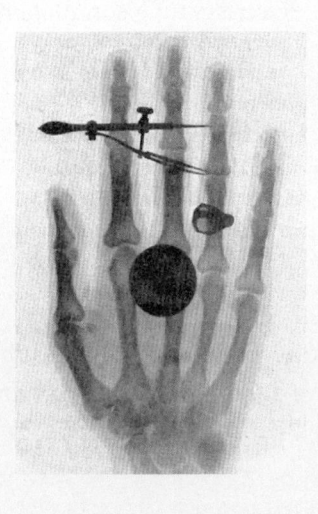

Isso de poder ver as pessoas por dentro parecia mágica; naquele tempo, vivia-se uma época de pleno encantamento com as descobertas científicas, das quais se esperava qualquer maravilha, e os espetaculares raios X pareciam corroborar essas suposições. Imediatamente começaram a ser utilizados para diagnosticar fraturas de ossos, como hoje, mas também para fins absurdos como o de combater a queda de cabelo (parece que cada novidade inventada pelo ser humano é testada contra a alopecia, tremenda obsessão motivada pelo fato de que quem perde o cabelo são os homens).

Fascinado como todo mundo pelos raios X, o cientista francês Henri Becquerel decidiu investigar se havia uma fosforescência natural semelhante à produzida artificialmente dentro do tubo de raios catódicos. E também por acaso (e pela consabida mente alerta etc.), em 1896 ele descobriu que os sais de urânio emitiam radiações invisíveis de natureza desconhecida que eram capazes de deixar impressão nas chapas fotográficas. Essa descoberta, que não tinha nenhuma aplicação circense e não fazia transluzir ossos nem as moedas que trazemos no bolso, deixou a equipe completamente indiferente. Mas eram raios que não davam para ver, oras! Que sem graça. E essa foi justamente a área que Marie escolheu para investigar. Porque era nova, porque ninguém sabia nada, porque interessava a pouca gente e, no entanto, era um enigma cientificamente promissor.

Mas antes de pensar em fazer doutorado, Marie tinha passado um ano e meio de fortes emoções. Na biografia que escreveu sobre Pierre, ela se orgulha, e com razão, da cumplicidade e igualdade científica e intelectual que tinha com o marido: "Nossa convivência era muito próxima: compartilhávamos os mesmos interesses, o estudo teórico, os experimentos de laboratório, a preparação das aulas e das provas". Mas logo ao lado, sem perceber realmente o que diz, escreve: "Nossos recursos eram muito limitados, então eu precisava tomar conta da casa, além de cozinhar". Ou seja, compartilhavam tudo, menos o trabalho doméstico. Que dias mais cansativos, os de Madame Curie: além de cuidar da casa, estava fazendo um trabalho de investigação sobre as propriedades magnéticas do aço, que haviam lhe oferecido por uns poucos francos (precisavam do dinheiro). Somado a isso, começou a prestar concursos para dar aulas no ensino médio, também por motivos financeiros. E à noite assistia aulas sobre cristais para poder entender melhor o trabalho de Pierre (impressionante). Tudo isso, que já era muito, piorou em 1897, quando Marie engravidou de Irène. Parece que teve uma gravidez horrível, cheia de náuseas, embora, sempre obstinada, tentasse esquecer seu estado e trabalhar como se nada tivesse mudado. Mas em setembro, quando sua filha nasceu, as coisas chegaram a um ponto caótico: "Marie se viu tendo de enfrentar uma grande quantidade de trabalho e ao mesmo tempo atender a menina. Essa importante questão passou despercebida ou foi minimizada em muitas biografias de Curie", diz, com toda razão, Barbara Goldsmith no seu magnífico livro sobre Marie. Sem dúvida: tenho amigas que são jovens profissionais, com melhores condições financeiras, ajuda doméstica e sem a #culpa que Marie devia experimentar (ou pelo menos não tanta), e as vi quase enlouquecer nos meses pós-parto. De tanto em tanto Madame Curie tinha de voltar para casa e amamentar o bebê, e quando ficou sem leite, precisou contratar uma nutriz, sentindo-se um fracasso como mãe. Começou a sofrer, conta Ève, ataques de pânico: de repente saía disparada do laboratório em direção ao parque, porque tinha metido na cabeça a ideia obsessiva de que a babá havia perdido Irène. Quando as encontrava e confirmava que a menina estava bem, voltava ao trabalho, correndo. Estava a ponto de perder a razão. Por sorte (pode-se dizer por sorte?), a mãe de Pierre faleceu muito oportunamente e seu viúvo, que era um homem adorável, se mudou para a residência do casal e se dedicou a cuidar da menina. Como a vida é estranha: talvez sem essa morte, esse traslado, esse bom sogro, Marie Curie nunca tivesse existido.

E foi assim que nossa protagonista pensou em fazer um doutorado no início de 1898. Não sem um preço, imagino. Na sua biografia de Pierre, ela diz:

> A questão de como cuidar de nossa pequena Irène e da casa sem renunciar à pesquisa científica tornou-se premente. A possibilidade de me afastar do trabalho teria sido uma renúncia muito dolorosa para mim, algo que meu marido nem sequer cogitou; costumava dizer que tinha uma esposa sob

medida, que compartilhava todas as suas inquietudes. Nenhum de nós estava disposto a abandonar algo tão precioso como a pesquisa conjunta. Como é de supor, contratamos uma empregada, mas eu me encarregava de tudo relacionado à menina. Enquanto eu estava no laboratório, Irène ficava sob a responsabilidade de seu avô [...]. A estreita união de nossa família me permitiu cumprir com minhas obrigações.

Ah, claro: suas obrigações. Sempre é preciso #fazeroquesedeve. Acho tão triste que nesse texto, escrito muitos anos mais tarde e após receber dois prêmios Nobel, Marie precise justificar o fato de não abandonar a Ciência para cuidar da sua filha apoiando-se na "pesquisa conjunta". Como se o trabalho de Pierre, que *precisava* dela, fosse a causa última da sua deserção do dever de mãe. Como se seu trabalho, por si só, nunca tivesse podido justificá-lo. Obviamente que Marie teve muita sorte por contar com um marido tão *compreensivo*. Um homem à frente de seu tempo. Mas isso não mudava o fato de que as coisas *eram como eram* e que o dever da mulher era uma ordem incontestável. Durante esses anos, Pierre publicou muito mais artigos científicos do que Marie. Não posso dizer que me surpreende: enquanto isso, Marie fazia geleias. Aproximar-se da vida de Manya Skłodowska é como olhar uma gota d'água pelo microscópio e descobrir um turbilhão fervilhante de bichinhos. Quero dizer que, se prestar bastante atenção na biografia dela, você percebe as infinitas dificuldades que Marie teve de superar e fica pasma. Como pôde sobreviver, como seguiu em frente? E pensar que o pai dela falava do "seu transtorno". Transtornada uma ova. Que poder.

A bruxa do caldeirão

Manya Skłodowska foi uma pessoa perseguida pela lenda. O mito que hoje existe em torno da sua memória, embora enorme, é provavelmente menos exagerado do que o que teve de suportar em vida. Além do mais, sua fama passou por todo tipo de vicissitude: primeiro foi considerada uma santa, em seguida mártir e depois puta, tudo isso de modo intenso e retumbante.

Parte do mito da santidade científica de Marie (e do seu marido) baseia-se nas penosas condições em que tiveram de trabalhar. É verdade: Pierre Curie sonhou a vida toda em ter um bom laboratório, e na realidade morreu sem consegui-lo. A descoberta do polônio e do rádio se deu, como todo mundo sabe, pois é o detalhe mais ventilado da sua hagiografia, num miserável barracão caindo aos pedaços que antes havia servido de depósito, e que Pierre conseguiu que os deixassem usar na Escola de Física e Química Industrial, onde dava aulas. Os vidros quebrados e mal vedados do galpão deixavam passar pó e água da chuva, contaminando as amostras. Para aquecer o lugar havia apenas uma pequena estufa de ferro, e no inverno fazia um frio lancinante: certa manhã, Marie anotou no seu caderno de trabalho que ali dentro fazia apenas seis graus. Devia ser difícil fazer as medições delicadas que a investigação exigia com os dedos congelados.

Os raios invisíveis que Becquerel descobrira, sobre os quais Marie havia se proposto a escrever sua tese, tinham a propriedade de fazer com que o ar ao redor conduzisse eletricidade, e ocorreu a Madame Curie medir o grau de eletrificação do ar para estudar o fenômeno. Por que teve semelhante ideia? Foi uma intuição genial, fruto do seu talento, mas é provável que também tenha influenciado o fato de um dos aparelhos inventados por Pierre com o irmão dele, Jacques, ser o eletrômetro piezoelétrico de quartzo, que servia justamente para fazer com enorme precisão essas medições muito sutis. Parece que era um instrumento diabolicamente difícil de utilizar, mas Pierre ensinou sua esposa e Marie aprendeu com aquele perfeccionismo obstinado e obsessivo que a caracterizava. Mesmo com as mãos duras de frio, ela era fantástica.

A princípio Marie trabalhava sozinha na pesquisa, mas as coisas logo se tornaram muito interessantes e também complicadas, de modo que Pierre abandonou os estudos que estava fazendo sobre magnetismo e se uniu ao trabalho da esposa. Marie decidiu experimentar com pechblenda, um mineral que, entre outros elementos, contém urânio. E descobriu algo alucinante: que a pechblenda era capaz de eletrificar o ar ainda mais do que o urânio extraído dela. Isso significava que no mineral tinha de haver algum elemento mais radioativo do que o urânio. Essa dedução foi muito emocionante, embora os Curie não tivessem a menor ideia da enrascada em que estavam se metendo, pois naquela época não podiam imaginar que os novos elementos eram tão enormemente radioativos e, por conseguinte, estavam representados na pechblenda em quantidades tão ínfimas que, para poder *caçá-los*, teriam de processar uma montanha de pedras: ao todo, dez toneladas de pechblenda para conseguir extrair um décimo de grama de cloreto de rádio. E o fizeram nas penosas condições do miserável barracão, os dois sozinhos ou quase sozinhos. "Ninguém pode saber se teríamos insistido, dada a pobreza dos nossos meios de pesquisa, se tivéssemos conhecimento da real proporção do que estávamos buscando", escreveu Marie muitos anos depois. No pátio do galpão, aquela mulher magra, que durante um dia inteiro mal comia metade de uma salsicha, arrastava de um lado para outro cargas de vinte quilos e mexia caldeirões enormes de mineral fervente com uma barra de ferro pesada quase maior do que ela. Era uma bruxa boa, uma feiticeira do bem. Passou três longos e extenuantes anos fazendo isso, e no final conseguiu extrair o rádio, que era como um daqueles espíritos das histórias infantis, uma substância ínfima flamejando com um brilho verde-azulado. Muito lindo, sem dúvida. Porém mortal.

Embora não tenham conseguido isolar o rádio até 1902, a descoberta do novo elemento foi feita muito antes. Naquele mesmo 1898, logo no início, em apenas alguns meses de trabalho feroz, os Curie encontraram primeiro o polônio, quatrocentas vezes mais radioativo do que o urânio, e pouco depois o rádio, que, disseram eles, era novecentas vezes mais radioativo, embora na verdade fosse 3 mil vezes mais potente. No dia 26 de dezembro de 1898 informaram a descoberta à Academia de Ciências e imediatamente se tornaram muito famosos, mas nada comparável ao que viria depois do Nobel.

O resplandecente e poderoso rádio inflamou a imaginação dos humanos: era o verdadeiro princípio da vida, um tiquinho da energia do cosmos, o fogo dos deuses trazido à Terra por esses novos Prometeus que foram os Curie. Imediatamente, cientistas do mundo todo começaram a investigar as aplicações médicas da sua descoberta, como, por exemplo, curar tumores cancerígenos (hoje continuamos usando a radioterapia para isso, embora a fonte radioativa não seja mais o rádio, e sim o cobalto), e o entusiasmo atingiu níveis tão críticos que o novo elemento começou a ser utilizado perigosa e inconscientemente para tudo, como se fosse o bálsamo de Ferrabrás.

Por exemplo, adicionou-se rádio aos cosméticos: cremes faciais que supostamente manteriam você jovem para sempre, batons, tônicos para fortalecer e embelezar os cabelos, pastas para deixar os dentes branquíssimos e destruir as cáries, unguentos milagrosos contra celulites. Um anúncio do creme Alpha-Radium dizia: "A radioatividade é um elemento essencial para manter saudáveis as células da pele". No quesito beleza, nós mulheres sempre fizemos barbaridades, como usar durante séculos carbonato de chumbo para clarear o rosto, batom preparado com sulfeto de mercúrio ou tinturas de cabelo feitas com sulfeto de chumbo, cal virgem e água, tudo isso terrivelmente tóxico e a longo prazo mortal. Entre outros efeitos colaterais, o chumbo fazia o cabelo cair: por isso Elizabeth I da Inglaterra, que clareava a cútis usando um emplastro de chumbo com vinagre, acabou ficando com essa aparência impactante e essa careca medonha (*ver página 93*).

Mas o delírio radioativo abarcava muitas outras áreas além meramente da estética. Se colocassem uma bolsa com rádio no escroto, os homens impotentes se curavam; se a bolsa fosse atada à cintura, você não sofria mais de artrite. Os banhos radioativos restabeleciam o vigor, e um pouco de rádio curava males como nevralgias ou catarros. Sarah Dry conta que, inclusive, se confeccionou uma lã radioativa para fazer roupas de bebês: "Ao tricotar peças para o seu bebê, use lã O-Radium, uma preciosa fonte de calor e energia vital, que não encolhe nem amassa". É claro que assusta ler algo assim. O rádio estava presente em todas essas preparações em quantidades ínfimas, é claro, porque se tratava de uma substância muito difícil de obter e, por conseguinte, caríssima; mas mesmo naquelas doses mínimas o nível de radiação era muito superior ao admitido hoje. Esse frenesi do mercado por tirar vantagem econômica da nova mina de ouro é conhecido e repugnante, sobretudo quando você se dá conta de que provavelmente comercializaram lã tóxica como um produto para bebês justamente porque era cara, já que pelos nossos filhos estamos dispostos a fazer mais sacrifícios (pense naquelas famílias de escassos recursos, pense numa criança com saúde frágil, pense em pais que não podem pagar um bom médico mas que, fazendo muito esforço, compram essa lã cintilante e supostamente curativa com a qual tricotarão para o bebê doente um amoroso casaquinho radioativo).

Todo esse frenesi durou, embora pareça mentira, cerca de três décadas: "O mundo enlouqueceu com o rádio; ele despertou nossa credulidade exatamente como as aparições de Nossa Senhora de Lourdes despertaram a credulidade dos católicos", escreveu Bernard Shaw, citado por Goldsmith no seu livro. E se finalmente as pessoas começaram a ter consciência dos perigos da radioatividade nos anos 1930, foi em grande parte graças a um lamentável incidente: em 1925, um falso médico chamado William Bailey patenteou e comercializou um produto chamado Radithor; consistia numa solução de água com isótopos radioativos e supostamente curava dispepsia, impotência, pressão alta e "outras 150 doenças endocrinológicas". Dois anos mais tarde, um milionário e campeão de golfe chamado Eben Byers começou a tomar Radithor por prescrição médica para tratar uma dor crônica no braço. Parece que a princípio declarou sentir-se rejuvenescido (o que a sugestão não faz!), mas em 1932, depois de ter tomado de mil a 1500 frascos do tônico ao longo de cinco anos, Byers morreu fisicamente devastado: anemia severa, destruição generalizada dos ossos da mandíbula, do crânio e do esqueleto em geral, magreza extrema e disfunções renais. Armou-se um escândalo e as autoridades tomaram medidas. Mas é incrível ninguém ter agido antes: suponho que havia interesses demais em jogo. Não é inquietante pensar qual será hoje nossa radioatividade autorizada, quais substâncias legais nos matam estupidamente?

José Manuel Sánchez Ron diz que, sem querer minimizar a importância de Madame Curie, suas contribuições teóricas não chegaram à altura das de outros grandes nomes da época, como por exemplo Ernest Rutherford, também ganhador do prêmio Nobel. Afirmação que não duvido nem discuto, evidentemente: lendo o livro de Sánchez Ron, que é de longe o mais puramente científico de todos que consultei sobre Madame Curie, entende-se muito bem a que ele se refere. Mas então, qual foi o lugar daquela polonesa tenaz na história da Ciência? O que ela fez de melhor? Sarah Dry explica com didática eloquência que a observação mais importante de Marie foi chegar à conclusão de que a radioatividade era uma propriedade atômica da matéria. Justamente naqueles anos estava começando a desmoronar a visão newtoniana dos átomos como partículas "sólidas, maciças, duras e impenetráveis". Em 1897, J. J. Thomson havia descoberto a primeira partícula subatômica, o elétron, mas na Ciência oficial ainda prevalecia a ideia do átomo como uma bola de bilhar, e qualquer mudança na estrutura em nível atômico, diz Dry, "era considerada um conceito sombrio aparentado com a alquimia [...], não uma verdadeira Ciência". De modo que Marie fazia parte da pequena vanguarda que pregava a instabilidade do átomo. De novo Dry:

> Nunca mais fez uma declaração tão profunda ou inspirada como o salto intuitivo que deu ao sugerir que os átomos desse novo elemento [o rádio] eram, em si mesmos, responsáveis pela radioatividade que ela estava medindo. Seu trabalho pioneiro havia criado uma ponte entre a química e a física.

E Barbara Goldsmith diz:

> Na verdade seu maior feito foi empregar um método inteiramente novo para descobrir elementos, medindo sua radioatividade. Na década seguinte, os cientistas que localizaram a fonte e a composição da radioatividade fizeram mais descobertas sobre o átomo e sua estrutura do que em todos os séculos anteriores. Como disse o astuto cientista Frederick Soddy, "a maior descoberta de Pierre Curie foi Marie Skłodowska. A maior descoberta dela foi... a radioatividade".

Seja como for, em julho de 1902, depois de cozinhar, ferver, mexer, fracionar e manipular à exaustão todas aquelas toneladas de pechblenda, Marie finalmente conseguiu um decigrama de cloreto de rádio puro o suficiente para poder medir sua massa. O resultado de tanta cocção bruxesca foi uma pitada de matéria resplandecente que mal ocuparia a quinquagésima parte de uma colherinha de chá. Antes de tornar público seu feito, Marie o contou a seu pai numa carta emocionada. Władysław, que estava morrendo, respondeu: "Você já está de posse de sais de rádio puro. Se pensarmos em tudo o que fez para obtê-los, seria sem dúvida o elemento químico mais caro de todos. Pena que esse trabalho só tenha interesse teórico!". Ah, esses progenitores que nunca estão satisfeitos e para quem nada é suficiente... #honraropai. O homem faleceu seis dias depois: uma pena que não tenha chegado a ver o prêmio Nobel concedido à filha um ano depois. Embora, agora que penso nisso, provavelmente teria encontrado alguma coisinha desagradável para dizer.

Esmagando carvão com as próprias mãos

A Morte brinca com a gente de esconde-esconde, aquela brincadeira em que uma criança conta virada para a parede e as outras tentam bater no pique sem que ela as veja enquanto correm. Pois bem, com a Morte é a mesma coisa. Entramos, saímos, amamos, brigamos, trabalhamos, dormimos; ou seja, passamos a vida contando como aquela criança, entretidos ou aturdidos, sem pensar que nossa existência tem fim. Mas de vez em quando lembramos que somos mortais e então olhamos para trás, sobressaltados, e lá está a Parca, sorrindo, quietinha, muito comportada, como se não tivesse se mexido, só que mais perto, um pouquinho mais perto de nós. E assim, toda vez que nos distraímos e cuidamos de outras coisas, a Morte aproveita para dar um salto e se aproximar do pique. Até chegar o momento em que, sem perceber, esgotamos todo o nosso tempo; e sentimos o hálito frio da Morte no cangote, e um instante depois, sem ao menos nos dar a chance de olhar de novo para trás, suas garras tocam nossa parede e já somos dela.

A gente descobre que está brincando de esconde-esconde quando morre alguém próximo de nós que não deveria ter morrido. Um falecimento intempestivo e fora de lugar, a Morte que avança a toda a velocidade às nossas costas enquanto não olhamos. Isso aconteceu com Marie: de repente a Parca chegou correndo e botou a mãozorra pálida em Pierre. Era 19 de abril de 1906. Estavam juntos havia onze anos. Ele tinha 47; ela, 38. O obituário do *Le Journal* dizia: "Madame Curie seguiu o caixão do marido de braço dado com seu sogro até a sepultura cavada ao pé da taipa [...]. Ali permaneceu imóvel um instante, sempre com o olhar fixo e grave". Um exterior traumaticamente gélido e, por dentro, as Mênades uivando.

No seu breve diário de luto, Marie anota com obsessiva minúcia os últimos dias que viveu com Pierre, seus últimos atos, as palavras derradeiras. É a incredulidade diante da tragédia: a vida fluía tão normal, e de repente o abismo. A Morte mancha também nossas lembranças: não suportamos relembrar nossa ignorância, nossa inocência. Aqueles dias que passei com Pablo em Nova York, apenas um mês antes de ele ser diagnosticado com câncer, são agora uma memória incandescente: ele estava mal e eu não sabia, estava tão doente e eu não sabia, restava-lhe um ano de vida e eu não sabia; esse desconhecimento queima, esse pensamento persegue, essa inocência de ambos antes da dor é insuportável. Olho agora esta foto tão linda que fiz da janela do nosso hotel em Manhattan e sinto meu coração congelar.

Com uma morte assim, como a de Pierre; com um diagnóstico assim, como o de Pablo, o mundo desmorona. E, das ruínas, você fica obcecado remoendo o instante anterior ao terremoto. Ah, se eu soubesse!, diz para si mesmo. Mas não, você não sabia.

Fiquei um dia a mais em St. Rémy e não voltei até quarta-feira [...]. Queria proporcionar às meninas mais um dia no campo; como pude estar tão equivocada? Foi um dia a menos que vivi contigo.

A #culpa. Também é uma obviedade, algo que todos os manuais apontam. Culpa por não ter dito, não ter feito, ter discutido por bobagens, não ter demonstrado mais seu carinho por ele. Seríamos infinitamente generosos com nossos mortos amados: mas, claro, sempre é muito mais difícil ser generoso com os vivos. Desde que obtivera o Nobel em 1903, e especialmente depois do nascimento da sua segunda menina, pode-se dizer que Marie começara a ver as coisas de outra maneira: queria relaxar um pouco, trabalhar menos, desfrutar a vida e sua família. E, sobretudo, desejava que o marido descansasse e se cuidasse. Porque Pierre estava muito doente; fazia anos que estava sofrendo um estranho esgotamento e terríveis e incapacitantes dores ósseas. Os Curie atribuíam-nas a ataques reumáticos, ou inclusive, para Marie, ao excesso de trabalho: "Sua fadiga física, causada por uma infinidade de obrigações, era agravada pelas crises de dor aguda que sofria cada vez com maior frequência, por conta de esgotamento", escreveu na biografia do marido. Na verdade, a radioatividade estava destruindo seu esqueleto; se não tivesse morrido atropelado por aquela charrete, sem a menor dúvida teria sofrido uma agonia terrível (surpreendentemente, Marie nunca assumiu aqueles efeitos do rádio; nem no marido, nem nela própria).

No verão de 1905, Pierre estava tão mal que quase não podia andar, e lhe custava manter o equilíbrio. No dia 24 de julho, escreveu a um amigo: "Parece que minhas dores vêm de algum tipo de neurastenia, mais do que de um reumatismo de verdade". Pobres Curie: estavam sendo bombardeados com diagnósticos e tratamentos absurdos e, o pior de tudo, como às vezes acontece quando os médicos ignoram o que o paciente tem, estavam começando a jogar a *culpa* no próprio doente (isso me lembra o que acontece hoje com a sensibilidade química múltipla ou a fibromialgia). Duas semanas mais tarde, Pierre escreveu ao amigo: "Sofri vários novos ataques e o menor cansaço os desencadeia. Pergunto-me se algum dia serei capaz de voltar a trabalhar seriamente no laboratório, no estado em que me encontro agora". Angustiada, Marie caiu no choro na frente da sua irmã Helena. Disse a ela que Pierre não conseguia dormir de tanto que lhe doíam as costas, e que sofria ataques agudos de fraqueza. E, como um cego que não quer ver, acrescentou: "Talvez se trate de alguma doença terrível que os médicos não conhecem".

A saúde precária do marido, em todo caso, parecia tê-la feito desejar outro estilo de vida. Aquela polonesa dura e austera, que sempre #honrouospais, que carregou nos ombros a injustiça do mundo e #fezoquedevia, de repente tentou aprender a #leveza, a maravilhosa virtude existencial que consiste em saber viver o presente com plenitude serena. Mas o problema é que Pierre não a acompanhou nessa jornada; pelo contrário, quanto mais doente estava, mais se esforçava em redobrar o trabalho, como se pressentisse que seu tempo estava acabando e que a Morte estava prestes a tocar sua parede. Essa diferença de opiniões provavelmente criou certas tensões entre eles. Por exemplo, Marie queria que ele ficasse em St. Rémy com ela e as meninas, mas ele cismou em voltar ao laboratório (será por isso que ela ficou um dia a mais no campo, para *castigá-lo*? Por isso aquela lamúria arrependida no diário?). Marie descreve a manhã final, o instante em que o marido foi embora de casa:

> Emma voltou e tu a criticaste por não manter a casa bem o suficiente (ela havia pedido um aumento). Estavas saindo, tinhas pressa, eu estava cuidando das meninas, e foste embora perguntando em voz baixa se eu iria ao laboratório. Respondi que não sabia e pedi que não me atormentasses. E justo aí foste embora; a última frase que dirigi a ti não foi uma frase de amor e ternura. Depois, só te vi de novo morto.

A #culpa. A inevitável #culpa de não ter lhe dado tudo. A #culpa imperdoável de estar viva e ele não (embora, com sua morte, o ser amado leve boa parte de nós, um punhado de anos e lembranças, uma porção de carne). É que o corpo, esse animal, se regozija de viver apesar de tudo, como explica Tolstói na novela *A morte de Ivan Ilitch*: "O simples fato de inteirar-se da morte de um companheiro suscitava nos presentes, como sempre ocorre, uma sensação de complacência, a saber: 'o morto é ele, não eu'. Cada um deles pensava ou sentia: 'Pois é, ele morreu, mas eu estou vivo'". Que dolorosa contradição: todas as suas células comemorando freneticamente a existência enquanto sua cabeça se afoga em mágoas.

De modo que essas foram as últimas lembranças que Marie guardou de Pierre. A vida é maravilhosamente grotesca: na sua manhã final, aquele grande homem que Pierre Curie sem dúvida foi se engalfinhou com a empregada numa mísera discussão doméstica e lhe negou um aumento. Quase me escapa um sorriso dos lábios, porque constatar mais uma vez a pequenez do ser humano tira a seriedade da morte, ou pelo menos a torna tão pequena quanto nós mesmos. Quando você se liberta da ilusão da própria importância, tudo dá menos medo.

Marie teve o azar de se despedirem zangados um com o outro. Embora, diante de uma morte súbita como essa, acredito que despedida nenhuma poderia ter sido reconfortante o suficiente. Seja como for, Pierre saiu de casa e não voltou mais com vida. Primeiro foi ao laboratório e depois teve um almoço de trabalho com sete colegas da Associação de Professores de Ciências. Quando saiu à rua de novo, chovia torrencialmente. Atrapalhado com o guarda-chuva, pretendeu atravessar a rua. O trânsito era caótico e, como já falei, ele estava muito debilitado e se movia com dificuldade. Escorregou e caiu; no fim das contas, as radiações acabaram matando-o indiretamente. Marie soube do ocorrido ao anoitecer, horas mais tarde, porque, *desobedecendo* ao marido, não apenas não passara pelo laboratório como saíra com Irène para um passeio no campo. Com certeza isso também a encheu de culpa. Ficar viúva de repente, enfim, deve ter sido um anticlímax atroz da #leveza.

A primeira coisa que trouxeram a Marie, antes de o cadáver chegar, foi o que seu marido tinha nos bolsos: uma pena, chaves, um porta-cartões, um moedeiro, um relógio com o vidro intacto e que, ironicamente, ainda funcionava. Como são dolorosos esses mínimos restos para-humanos, esses objetos que acompanharam tão intimamente a vida do seu morto. Eu também guardo em alguma gaveta, sem poder me desfazer deles, esses ossículos do corpo social de Pablo: o celular que ele detestava, a pequena agenda com suas pulcras e diminutas anotações, a carteira, o documento de identidade, a carta de habilitação, os cartões de crédito... A perda de um ente querido é uma experiência tão desatinada e insensata que é inacreditável como um simples cartão VISA com o nome do seu morto escrito em relevo pode abalar e comover você.

Alguns biógrafos parecem ficar surpresos pelo fato de o diário ter a forma de uma carta dirigida a Pierre, como se Marie falasse com ele, e há até mesmo quem tente justificar esse detalhe alegando que os Curie acreditavam em espiritismo e na possibilidade de se comunicar com os mortos. É verdade que até o final da vida Pierre estava muito interessado na investigação das "forças psíquicas" e que assistira a algumas sessões com uma médium famosa. O que, como explica muito bem Sánchez Ron, não significa que estivesse faltando fosfato na cabeça do sr. Curie: naquela época, o estudo dos fenômenos paranormais estava na moda entre os cientistas, e ainda não haviam sido descobertas as engenhosas falcatruas dos supostos médiuns. Na verdade, o mundo havia mudado tanto em tão poucos anos, e coisas tão assombrosas (como o próprio rádio) eram descobertas, que mesmo as mentes mais rigorosas se mantinham abertas à indagação de qualquer fenômeno, por mais chocante que fosse.

Mas o que me espanta é o assombro dos biógrafos por Marie dirigir suas palavras a Pierre: quanta bobagem essa teoria espiritista. Será tão difícil entender que, quando alguém querido se vai, sua impossível ausência não entra na nossa cabeça? Tenho certeza de que todos falamos com nossos mortos; eu decerto o faço, apesar de não acreditar de forma alguma em outra vida. E até mesmo sinto Pablo perto de mim de vez em quando. Ele já me ajudou a não cair em alguns tropeços, segurando-me enquanto eu ia catando cavacos até recuperar a verticalidade. O cérebro é assim. Tece a realidade, constrói o mundo.

Não, Marie se dirige a Pierre porque não pôde se despedir, não pôde lhe dizer tudo o que tinha para dizer, não pôde completar a narrativa da sua existência em comum. É o que mostra a dra. Iona Heath no seu magnífico livrinho:

> A morte faz parte da vida e é parte do relato de uma vida. É a última oportunidade de encontrar um significado e dar um sentido coerente ao que aconteceu antes [...]. Isso talvez explique por que, no fim da vida, é tão importante

tornar a contar e reviver os fatos marcantes, e por que, tanto para a pessoa moribunda quanto para aqueles que sobreviverão a ela, falar de acontecimentos passados e rever fotografias oferecem um consolo real e autêntico. Familiares e amigos podem inclusive continuar o relato, uma vez que a pessoa está frágil demais para contribuir, e fazer isso proporciona consolo a todos.

Para viver, temos de nos narrar; somos um produto da nossa imaginação. Nossa memória é, na verdade, um invento, uma história que reescrevemos a cada dia (o que lembro hoje da minha infância não é o que eu lembrava há vinte anos); o que significa que nossa identidade também é fictícia, já que se baseia na memória. Sem essa imaginação que completa e reconstrói nosso passado e que outorga ao caos da vida uma aparência de sentido, a existência seria enlouquecedora e insuportável, puro ruído e fúria. Por isso, quando alguém morre, como bem diz a dra. Heath, é preciso escrever o final. O final da vida de quem morre, mas também o final da nossa vida em comum. Contar o que fomos um para o outro, dizer-nos todas as palavras belas necessárias, construir pontes sobre as fissuras, livrar a paisagem das ervas daninhas. E é preciso esculpir esse relato redondo na pedra sepulcral da nossa memória.

Marie não pôde fazê-lo, é evidente, por isso escreveu aquele diário. Eu tampouco pude, talvez por isso escrevo este livro. Ainda que a doença do meu marido tenha se prolongado por vários meses, não conseguimos construir nosso relato por diversas razões, entre elas a natureza extremamente estoica e reservada de Pablo (sei bem que ele detestaria este livro que estou fazendo agora: embora não desagrade ao Pablo que me segura quando tropeço). Mas há um motivo que me parece essencial, e é que desde o início ele já tinha metástase no cérebro e acabou perdendo toda a sua maravilhosa, original e inteligentíssima cabeça. E assim, eu, que passei toda a existência colocando palavras sobre as trevas, fiquei sem poder narrar a experiência mais importante da minha vida. Esse silêncio dói.

No entanto, houve uma #palavra. Certa noite estávamos no hospital, já muito perto do fim. Havíamos entrado pela emergência porque Pablo estava violentamente agitado, confuso, incoerente. Eu tinha decidido levá-lo para casa no dia seguinte e assim o fiz; uma semana depois, ele morreu. Naquela noite, muito tarde, depois de lhe administrar todo tipo de remédio, Pablo conseguiu ficar tranquilo. Eu me inclinei sobre ele para comprovar que estava bem. Era aquele momento da madrugada alta, em que a noite está prestes a se render ao dia e há um tempo que parece estar fora do tempo. Um instante de pura eternidade. Imagine aquele quarto de hospital na penumbra, os niquelados reluzindo num brilho escuro de nave espacial, o peso do ar e o silêncio, a solidão infinita. Éramos os dois únicos habitantes do mundo e parece que eu sentia debaixo dos pés a pesada e estridente rotação do planeta. Naquele momento, Pablo abriu os olhos e me fitou. "Tudo bem?", sussurrei, embora já fosse praticamente impossível falar com ele, pois embaralhava tudo e dizia *esmeraldas* quando queria dizer *médicos*, por exemplo. E naquele minuto de serenidade perfeita, Pablo sorriu, um sorriso lindo e sedutor; e com absoluta ternura, a maior ternura com que jamais falou comigo, disse: "Minha cachorrinha".

Foi uma palavra rebotada pelo seu cérebro ferido, uma palavra-espelho tirada de outro lugar, mas acho que foi a coisa mais linda que já me disseram na vida.

E veja só! O que acabo de fazer é o truque mais velho da humanidade diante do horror. A criatividade é justamente isto: uma tentativa alquímica de transmutar o sofrimento em beleza. A arte em geral, e a literatura em particular, são armas poderosas contra o Mal e a Dor. Os romances não os vencem (são invencíveis), mas nos confortam do espanto. Em primeiro lugar, porque nos unem ao resto da humanidade: a literatura nos torna parte do todo e, no todo, a dor individual parece que dói um pouco menos. Mas a magia também funciona porque, quando o sofrimento nos alquebra, a arte consegue transformar essa ferida feia e suja numa coisa bela. Eu narro e compartilho uma noite lancinante e ao fazê-lo lanço faíscas de luz à escuridão (pelo menos funciona para mim). Por isso Conrad escreveu *Coração das trevas*: para exorcizar, para neutralizar sua experiência no Congo, tão terrível que quase o deixou louco. Por isso Dickens criou Oliver Twist e David Copperfield: para conseguir suportar o sofrimento da própria infância. É preciso fazer algo com tudo isso para que não nos destrua, com todo esse clamor desesperado, com o interminável desperdício, a furiosa dor de viver quando a vida é tão cruel. Nós, humanos, nos defendemos da dor sem sentido enfeitando-a com a sensatez da beleza. Esmagamos carvão com as próprias mãos e às vezes conseguimos fazer que pareçam diamantes.

Questão de dedos

Há duas coisas difíceis de entender na biografia de Madame Curie.

A primeira é que, apesar de todas as evidências acumuladas ao longo da sua vida, ela não chegasse a ter consciência dos perigos do rádio. Embora tivessem visto que a exposição matava os animais de laboratório, os Curie pensavam alegre e ilogicamente que nos seres humanos o rádio produzia apenas queimaduras na pele. Nos anos seguintes ao falecimento de Pierre, as provas da extrema periculosidade da substância foram se multiplicando; vários pesquisadores morreram e o rádio começou a ser visto com certa precaução. Em 1926, Marie implantou no seu laboratório as normas de segurança que naquele tempo já eram comuns em toda parte, mas que nem ela nem sua filha Irène respeitavam. Na verdade, faziam até mesmo coisas absurdas como passar rádio e polônio de um recipiente a outro aspirando as substâncias com a boca por meio de uma pipeta: vide a foto de Irène fazendo loucuras no bastante tardio ano de 1954 (*ver página 108*).

As medidas de segurança, que por outro lado eram insuficientes para as exigências atuais, incluíam exame periódico de sangue, porque já se sabia que a radioatividade alterava os glóbulos vermelhos. Mas Marie estava tão absurdamente empenhada em defender a natureza benéfica do seu amado rádio que, em 1925, em resposta a um boletim que ressaltava os perigos do preparo industrial do elemento, escreveu que, embora fosse necessário alertar sobre o risco, ela não tinha conhecimento de "nenhum acidente grave envolvendo rádio ou mesotório entre a equipe de outras fábricas [...] nem entre a equipe do meu instituto". Seis anos depois, um terço dos funcionários do instituto apresentou alterações no sangue. O deslumbrante rádio, afinal, era um criminoso sedutor e silencioso. Como os Curie foram inocentes e irresponsáveis ao manipulá-lo! Inocentes no início, como todo mundo, quando ninguém sabia das consequências. Irresponsáveis depois, quando se negaram a reconhecê-las. A única coisa que Marie chegou a admitir muitos anos depois, quando sua saúde já estava totalmente destruída, foi o seguinte: "A manipulação do rádio implica certos perigos — de fato, eu mesma sofri alguns desarranjos que atribuo a ele".

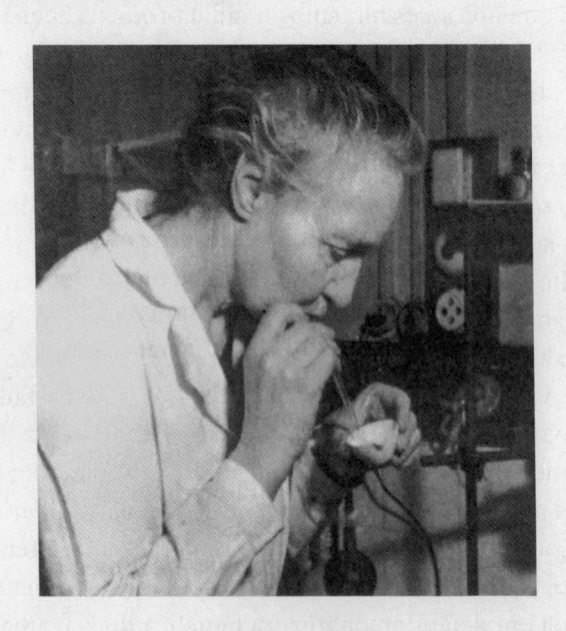

Em 1900, cientistas alemães se expuseram à radiação para ver o que acontecia. Pierre decidiu seguir o exemplo e anotou cuidadosamente os resultados:

O sr. Curie reproduziu em si próprio a experiência do sr. Giesel, fazendo agir sobre seu braço, através de uma lâmina fina de guta-percha durante dez horas, cloreto de bário radificado, de atividade relativamente baixa (5 mil vezes a do urânio metálico). Depois da ação dos raios, a pele ficou avermelhada numa superfície de seis centímetros quadrados; a aparência é de uma queimadura, mas a pele quase não fica dolorida. Ao cabo de alguns dias, a vermelhidão, sem se estender, aumenta de intensidade; aos vinte dias formam-se crostas, depois, uma ferida que foi curada utilizando compressas; aos quarenta dias a epiderme começou a se regenerar pelas beiradas, chegando ao centro, e 52 dias depois da ação dos raios ainda resta uma espécie de ferida, que adquire um aspecto acinzentado, indicando uma necrose mais profunda.

Não vá me dizer que a descrição do processo não é nem um pouquinho assustadora: aquela queimadura tão esquisita, que no início não dói e depois sim, aquele ferimento insidioso que parece ir aumentando e ir perfurando a carne com os dias... E, no entanto, não ficaram em estado de alerta.

Esse tipo de lesão era muito comum porque os acidentes abundavam. Becquerel, por exemplo, queimou o peito carregando um pequeno tubo com rádio muito ativo no bolso do guarda-pó. Ter um tubinho no guarda-pó era algo normal entre os cientistas, e não por questões de trabalho, mas por prazer, orgulho, encantamento. Pelo deleite de levar guardado no bolso o gênio da lâmpada moderno, o mais poderoso e fulgurante espírito, a *suprema força inesgotável*, como um jornalista definiu o rádio. Depois que, em junho de 1903, Marie obteve seu doutorado em Ciências na Sorbonne com nota máxima, houve um jantar de comemoração. Depois da sobremesa, todos os convidados saíram para o jardim e Pierre sacou um frasquinho com rádio como quem acende fogos de artifício. Rutherford, que estava presente, escreveu: "A luminosidade era brilhante na escuridão e foi um final esplêndido para um dia inesquecível".

Felizmente para ela, Marie não tinha um guarda-pó onde guardar esse belo assassino, mas mesmo assim padeceu de todo tipo de lesão:

> Durante as pesquisas realizadas com os produtos mais ativos, nós sofremos nas mãos diversas ações. As mãos têm uma tendência geral de perder pele: as extremidades dos dedos que seguraram tubos ou cápsulas contendo produtos muito ativos se tornam duras e às vezes muito doloridas; para um de nós, a inflamação das extremidades dos dedos durou quinze dias e terminou com a queda da pele, enquanto uma sensação dolorida não desapareceu completamente ao cabo de dois meses.

Mas os Curie levavam esses percalços não mais com estoicismo, e sim com uma espécie de orgulho infantil: eram as cicatrizes da proeza deles. "Na verdade, depois de tudo, estou feliz com minhas feridas. Minha mulher está tão satisfeita quanto eu", disse Pierre a um jornalista em 1903. Paladinos de contos de fadas, os Curie haviam descoberto uma fonte natural e eterna de energia, um pequeno deus que cabia numa proveta, e a façanha era digna de uns quantos arranhões.

Claro que não eram arranhões. Pierre, como eu já disse, estava morrendo lentamente (ou talvez nem tão lentamente assim) quando aquela charrete o matou. Quanto a Marie, a radioatividade acabou por destruí-la. A debilidade e a fadiga a perseguiram durante décadas, e aos sessenta anos mais parecia uma velha de oitenta. Há uma foto assustadora daquela época em que ela aparece definhando e com os dedos esturricados:

Seus últimos anos foram muito dolorosos. O rádio a deixou quase cega, e entre 1923 e 1930 fez quatro operações de catarata. A partir de 1932, as lesões das suas mãos pioraram. Morreu em 1934, aos 66 anos, de uma anemia perniciosa causada sem dúvida pela radiação. Com Irène foi ainda pior: faleceu aos 59 anos de leucemia (seu marido, Frédéric Joliot, com quem dividiu o Nobel pela descoberta da radiação artificial, morreu dois anos depois vítima do mesmo assassino). Já a outra filha dos Curie, Ève, que jamais se dedicou à Ciência e não se aproximou de nada radioativo na vida além da sua mãe e da irmã, viveu 102 anos; acho que é legítimo supor que essa longevidade fosse um traço genético, cerceado no caso de Marie e Irène pela fria e fulgurante ferocidade do rádio.

É inacreditável que Marie se recusasse a perceber o risco que todos corriam, sabendo tanto sobre o tema como sabia. Na verdade, ela conhecia perfeitamente a maneira insidiosa com que a radioatividade impregnava tudo e considerava que era algo muito perigoso, sim, mas tudo pela credibilidade dos seus experimentos! E escreveu:

> Quando se estuda profundamente as substâncias radioativas, devem ser tomadas precauções especiais caso se pretenda continuar praticando medições precisas. Os diversos objetos utilizados num laboratório químico, e os que servem para experimentos em física, todos eles logo se tornam radioativos e agem sobre chapas fotográficas através do papel preto. O pó, o ar do recinto, as próprias roupas, tudo se torna radioativo [...]. No laboratório em que trabalhamos, o mal já atingiu um nível crítico e não conseguimos mais ter nenhum aparelho completamente isolado.

Assustador! E, mesmo assim, continuou sem querer ver o óbvio. Em 1956, o marido de Irène mediu a radioatividade dos cadernos de anotações de 1902 dos Curie e ainda estavam fortemente contaminados.

Mas por que essa obsessão?

Porque estavam apaixonados pelo rádio. Porque ele era tão belo e tudo havia sido tão emocionante. Porque Marie o liberara da pechblenda com um esforço titânico. Porque o trouxera à luz, ou seja, o parira. Marie recorda a época inicial da descoberta:

> Sentimos uma alegria especial ao observar que nossos produtos que continham rádio concentrado se tornavam espontaneamente luminosos. Meu marido, que esperava ver belas colorações, teve de concordar que essa outra característica inesperada lhe deixou ainda mais satisfeito... [os produtos] estavam dispostos em mesas e bancadas [no laboratório]: por todos os cantos podíamos ver silhuetas ligeiramente luminosas, e aquele brilho, que parecia suspenso na penumbra, despertou em nós novas emoções e encantamentos.

Estavam encantados, essa é a palavra; enfeitiçados, ludibriados pelo fascínio do fulgor verde-azul. Às vezes, depois de jantar, corriam até o laboratório para se deleitar com a visão dos seus fantasminhas luminosos. E na cabeceira da cama tinham uma amostra de rádio, suponho que para dormir com sua fosforescência — o que me lembra as virgens de Fátima que minhas tias traziam do santuário: pequenas estatuetas de uma resina esbranquiçada horrorosa que, quando apagávamos a luz, se acendiam como espectros esverdeados. Pergunto-me agora se aquelas virgens fosforescentes, tão comuns na minha primeira infância, não levariam nenhum ingrediente perigoso. O rádio foi utilizado durante anos em pinturas para mostradores luminosos de relógios: era o que permitia ver a hora no escuro. Com efeito, entre 1922 e 1924, morreram nove funcionárias de uma fábrica estadunidense porque molhavam o pincel na própria saliva para pintar os números com a substância letal (suas mandíbulas necrosaram). Você acha que no santuário de Fátima essas questões de saúde eram realmente respeitadas nos anos 1950? E se aquelas virgenzinhas fossem radioativas? Encontrei a imagem de uma delas na internet: mede onze centímetros e está à venda por 6,80 euros.

A segunda coisa difícil de entender sobre Marie Curie é seu completo silêncio na hora de falar dos problemas adicionais que tinha de enfrentar por ser mulher. Jamais mencionou, nem de passagem, o evidente e feroz machismo da sociedade em que vivia, e nunca ressaltou as injustiças concretas que ela mesma sofreu, e que foram muitas. Por exemplo, na luta pelo Nobel. No outono de 1903, quatro conhecidos cientistas redigiram uma carta oficial propondo Pierre Curie e Henri Becquerel ao prêmio Nobel de física daquele ano pela descoberta do polônio e do rádio, sem fazer absolutamente nenhuma menção a Marie. Informado do assunto, Pierre fez o que devia (mas que muita gente no seu lugar não teria feito): escreveu dizendo que, se a proposta era para valer, não poderia aceitar o prêmio se não incluíssem Madame Curie. Essa carta causou mal-estar e levantou discussões nos bastidores da premiação, mas no final incluíram o nome de Marie, embora o dinheiro recebido pelo prêmio continuasse sendo o correspondente a uma única pessoa (Pierre e Marie ganharam 70 mil francos, a mesma quantidade que Becquerel levou). E quando lhes entregaram a distinção, o único que subiu ao palco e que falou foi Pierre, obviamente (embora tenha atribuído todo o mérito à esposa, que estava sentada na plateia).

O Nobel acabou bem, mas houve outras brigas perdidas, como, por exemplo, quando a Academia de Ciências recusou sua candidatura no ano de 1911. E o pior não foi não conseguir a cadeira, mas a campanha suja e atroz que fizeram contra ela nos jornais de direita. Dry conta que publicaram no *Excelsior* um estudo fisionômico e grafológico de Curie, no estilo das fichas criminais, e concluíram que Marie era "alguém perigoso, um espécime com intenções perversas e ambição inapropriada que poderia ser nocivo para a Academia". É claro: já se sabe que a #ambição sempre é algo suspeito numa mulher. Esse sensacionalismo jornalístico foi o prenúncio do horror desencadeado pouco depois. Da condenação massiva e do escândalo. Mas isso vou contar mais à frente.

Simone de Beauvoir chamava de *mulheres-álibi* aquelas que, depois de triunfar com grandes dificuldades na sociedade machista, eram usadas por essa mesma sociedade para justificar a discriminação; e assim, seu exemplo voltava-se contra as outras mulheres com a seguinte mensagem: "Estão vendo? Ela triunfou porque tem valor, se vocês não conseguem não é por impedimentos sexistas, mas porque não têm valor o suficiente". Foi Marie Curie uma *mulher-álibi*? Não se engane: o fato de ter vivido há mais de um século não a exime de ter consciência das injustiças de gênero. Na Idade Média já houve mulheres que escreveram textos protofeministas, como Christine de Pizan e seu *A cidade das damas* (1405), e em particular na época de Marie as sufragistas eram tremendamente ativas. Portanto, se ela nunca mencionou a questão feminista não era porque o tema fosse invisível. Sim, é possível que Marie fosse um pouco essa *mulher-álibi* de que falava Beauvoir. Era orgulhosa. Sabia o quanto tudo lhe custara. E, em temperamentos assim, acho que existe uma tendência a se considerar diferente das outras. Diferente e melhor. Com efeito, disse uma vez sobre as mulheres: "Não é preciso levar uma vida tão antinatural como a minha. Dediquei grande quantidade de tempo à Ciência, porque queria, porque amava a pesquisa... O que desejo às mulheres e às jovens é uma simples vida familiar e algum trabalho que lhes interesse". Uau. Paternalista, não? Ou seria melhor dizer maternalista?

De fato, é verdade que Marie era diferente e melhor do que a imensa maioria das mulheres, bem como do que a imensa maioria dos homens, e talvez fosse isso que ela não tinha muito claro. Embora, na verdade, eu a entenda. Em primeiro lugar, porque é realmente extraordinário que sua vida tenha chegado tão longe, ainda mais com todas as circunstâncias desfavoráveis.

É um feito sobre-humano, titânico! Parece lógico que não fosse capaz de compreendê-lo totalmente.

Mas, principalmente, eu a entendo porque é algo que de algum modo acontece com todas nós. De novo é um problema de #lugar, do maldito e impreciso espaço próprio que nós, mulheres, precisamos encontrar. Um #lugar social, mas também um #lugar íntimo. Que angustiante confusão entre o desejo próprio e os deveres herdados. Quando Marie obteve o doutorado em junho de 1903, estava grávida de três meses (se essa gestação foi tão ruim como a primeira, coisa que eu não sei, deve ter prestado o exame entre um vômito e outro). Em agosto, já de cinco meses, abortou. Goldsmith defende que a culpa foi de Pierre, que insistiu muito para que a mulher o acompanhasse num passeio de bicicleta, apesar do seu estado; e, com efeito, três semanas depois de pedalar, perdeu a criança. É bastante provável que Goldsmith tenha razão, embora eu ache que os efeitos da radioatividade também devessem ser levados em conta: não vamos esquecer que no dia do seu doutorado, estando grávida de três meses, andaram fazendo foguinhos-fátuos com um frasco de rádio. Em todo caso, acho que a insistência do delicado Pierre nesse disparate da bicicleta diz muito sobre a maneira com que ambos tratavam a feminilidade de Marie: como se não existisse. As náuseas eram ignoradas, a barriga era desdenhada, sua condição feminina era algo em que não se pensava jamais. Um silêncio ativo na consciência. Mas por baixo de toda aquela negação, rugia a #culpa, a famosa e tradicional #culpadamulher. Quando abortou, Marie se afundou numa depressão terrível; estava tão mal que não puderam buscar o Nobel até junho de 1905. Escreveu à sua irmã Bronya sobre a perda:

> Sinto-me tão consternada por esse acidente que não tive coragem de escrever a ninguém. Fui me acostumando

tanto com a ideia de ter a criança que estou absolutamente desesperada e ninguém pode me consolar. Escreva, eu lhe peço, se acha que a culpa foi minha, por meu cansaço generalizado, pois devo admitir que não poupei minhas forças. Eu confiava na minha compleição e agora lamento com amargura, já que paguei caro demais. O bebê — uma menininha — estava vivo e em boas condições. E eu o queria tanto!

A tristeza e a #culpa em carne viva. Que lancinante grito final.
Sim, é difícil, muito difícil ser mulher, porque na realidade você não sabe em que consiste isso, nem quer assumir o que a tradição exige. Melhor não ser nada para poder ser tudo — que foi, acredito, a opção de Marie. E talvez também a minha, de certo modo, embora seja incomparavelmente mais fácil para mim, graças a ela e a outras como ela. Sim, entendo bem aquela polonesa orgulhosa que não queria ser vista como vítima, porque é um lugar abominável; mas tampouco queria ser vista como carrasco, esse papel tão ingrato: carrasco dos homens, do seu Pierre. Melhor sumir.
E por falar nessas identidades estranhas, hipertrofiadas e mutáveis de ser *homem* e de ser *mulher*, na foto anterior de Marie idosa, aquela em que está apoiada num parapeito e mostra sua mão queimada, pude constatar que Madame Curie tem o dedo anelar mais comprido do que o indicador. Quer dizer, uma mão *masculina*. Vários estudos científicos realizados na última década mostraram que o tamanho dos dedos da mão tem relação com uma maior ou menor exposição à testosterona no útero materno. A maioria dos homens tem o dedo anelar mais comprido do que o indicador, e a maioria das mulheres tem o indicador mais comprido do que o anelar. Mas algumas e alguns fogem a essa regra: David Beckham, por exemplo, tem essa proporção invertida. E Madame Curie. E eu.

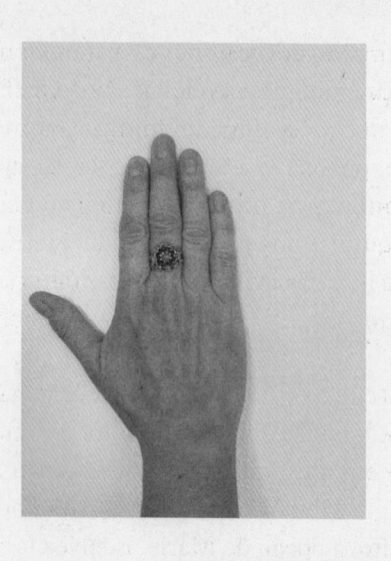

Vários outros pesquisadores estudaram as possíveis consequências que isso pode implicar, no comportamento ou na saúde. Assim, mulheres com o anelar mais comprido, como Marie e eu (que maravilha ter algo em comum com ela!), supostamente têm um cérebro mais *varonil*, se é que isso existe; ou seja, elas tendem a ser muito boas em matemática e orientação espacial, mas fracas em capacidade verbal; também têm uma tendência maior ao infarto, à competitividade, à resistência física. Segundo um estudo das universidades de Oxford e Liverpool de alguns anos atrás, são mais propensas a ser promíscuas. E, segundo Scarborough e Johnson (2005), mulheres com o anelar mais comprido gostam de homens muito masculinos, de mandíbula poderosa e corpo forte. São trabalhos científicos sérios, mas para mim soam um pouco como previsões do zodíaco. E, exatamente como na astrologia, há coisas com as quais eu me identifico e outras não. Por exemplo, é óbvio que no caso de Curie seus dons matemáticos eram assombrosos, mas eu sou uma verdadeira tapada, uma completa inútil tanto para números quanto para orientação espacial (sou daquelas mulheres incapazes de entender um mapa) e, no entanto, sempre tive grande facilidade verbal. De modo que nesse ponto meu cérebro não podia ser mais tipicamente feminino. Enfim, penso que todos esses estudos estão apenas arranhando a superfície das coisas, sem realmente atinar com a verdade. E já tínhamos problemas suficientes tentando desvendar o hesitante enigma do que é ser mulher (ou ser homem) para virem com mais essa do tamanho dos dedos.

Mas eu me esforço

Depois de ganhar o Nobel, os Curie se tornaram mundialmente famosos. E graças a essa fama, o reconhecimento que por tanto tempo lhes escapara começou a chegar. Porque a verdade é que, até então, apesar da descoberta do rádio e da radioatividade, a sociedade francesa havia se comportado de modo muito mesquinho com eles. Pierre tentou conseguir a cátedra de mineralogia da Sorbonne, para a qual estava mais do que habilitado, mas não lhe deram; apresentou-se à Academia de Ciências, mas o recusaram. A renda do casal era muito modesta. Marie tinha de ir até Sèvre vários dias na semana para dar aula, e Pierre, debilitado como estava, se cansava atendendo seus alunos. Mas o pior era não dispor de um bom laboratório. Os Curie estavam desesperados para conseguir um lugar em boas condições para trabalhar, mas, apesar de terem tentado de tudo, não houve maneira de conseguir. Em 1902, quiseram dar a Pierre a Legião de Honra, e ele a recusou com as seguintes palavras: "Por favor, agradeça ao ministro de minha parte e informe a ele que não sinto a menor necessidade de ser condecorado, mas que preciso com urgência de um laboratório". Pois nem assim. "É bastante dura essa vida que escolhemos", confiou Pierre a Marie num dia de desânimo.

Mas com o Nobel a situação começou a mudar. A Sorbonne finalmente ofereceu a Pierre uma cátedra de Ciências e, depois de muita discussão, um laboratório, embora se tratasse de um lugar pequeno, apenas duas salas, e insuficiente sob todos os aspectos. Muitos anos depois, Marie escreveu: "Não se pode evitar sentir certa amargura ao pensar que [...] um dos melhores cientistas franceses nunca teve à sua disposição um laboratório como se deve, apesar de sua genialidade ter se revelado desde que tinha vinte anos". Mas, de qualquer maneira, eram preferíveis aquelas duas salas ao barracão em ruínas, e além do mais — e essa era a melhor parte — a Sorbonne havia colocado Marie como chefe do laboratório. Assim, pela primeira vez, Madame Curie poderia fazer suas pesquisas recebendo um salário e tendo um cargo reconhecido. Todo o trabalho anterior, incluindo a descoberta do rádio, fora feito por ela de graça e extraoficialmente, como se fosse uma sem-teto ocupando aquele galpão velho e sujo.

Mas a fama também tinha seu preço. Eles não paravam de dar entrevistas e ser solicitados em todos os cantos, e Pierre, fragilizado pela doença, sentia-se angustiado pelo tempo que isso lhes tirava do trabalho. Quanto a Marie, ficou grávida de novo, e Ève conta que essa gravidez (que era a sua, ou seja, era ela quem estava ali dentro) foi um tempo tenebroso e muito deprimente para Madame Curie. "Por que estou trazendo essa criatura ao mundo?", repetia Marie constantemente. Pobre Ève: se escreveu isso no livro, deve ter sido porque a mãe lhe dissera — uma daquelas lendas familiares que apunhalam o coração como uma faca. E Ève acrescenta os supostos motivos que sua mãe alegava para não a querer dar à luz: "A existência é dura demais, árida demais. Não deveríamos infligi-la aos seres inocentes...". Balela: não há justificativa para uma filha capaz de anestesiar tamanha ferida. Sua mãe não quis tê-la. A Irène, sim; a menina que morreu, sim. Mas não a ela. E, imediatamente depois, Ève escreve: "O parto foi dolorido, interminável". Não me admira ela dizer que sua infância foi uma desgraça.

No entanto, depois do nascimento da menina o ânimo de Marie melhorou rápido. Logo se encontrava relativamente feliz; por um lado, era a primeira vez que podiam estar tranquilos com relação a dinheiro, e ela sofrera muito a vida toda por problemas financeiros; mas Marie também devia gostar mais do sucesso do que Pierre, e não por uma vaidade humana porém vazia, mas porque esse sucesso, no seu caso, pressupunha o reconhecimento de quem ela era. Finalmente a admitiam, finalmente conseguia *ser vista*, depois de tanta luta. Seria lógico que gostasse disso. A única coisa que ofuscava a alegria de Marie era o estado físico lamentável de Pierre, mas apesar disso ela tentava cultivar o prazer da vida e a #leveza. Havia até mesmo momentos em que fazia piadas e ria! E aqui vem uma daquelas assustadoras #coincidências. Algo que parece tirado da ficção.

Foi no início de 1906. Um estranho parou na rua para admirar como Ève — que mal completara um ano — era bonita, e provavelmente perguntou a quem a menina tinha puxado, porque de repente, com um humor súbito, Marie respondeu muito séria que não sabia de quem ela herdara aquela beleza, pois a bebê era uma pobre órfã. Dali em diante, passou a chamar Ève de "minha pobre órfãzinha", e se matava de rir. Quer dizer, deve tê-la chamado assim por alguns meses; até que, em abril, Pierre morreu e Ève ficou órfã de verdade.

Ah, as #coincidências. São estranhas, impossíveis, inquietantes e abundam, principalmente, na literatura. Não digo dentro dos romances, mas em torno da escrita, ou na relação entre a escrita e a vida real.

Por exemplo: no meu penúltimo romance, intitulado *Instruções para salvar o mundo*, o personagem principal é um taxista, Matías, que perdeu a mulher por um tumor maligno fulminante. A história começa no cemitério, quando Matías enterra a esposa, e logo acompanhamos o personagem no seu luto até começar a sair da escuridão. Publiquei o romance em maio de 2008, e no dia 12 de julho diagnosticaram o câncer do meu marido. Quer dizer: eu havia passado três anos escrevendo minha história sem saber. Três anos tentando viver a perda de Matías. Três anos desvendando ou adivinhando o que poderia ser essa jornada de sofrimento. Cheguei lá? Agora que o vivi de verdade, soube pressenti-lo? Bem, sim e não. Há detalhes pertinentes. Percepções exatas. Mas não desci até o fundo. Ali embaixo há um peixe abissal de escuridão do qual só vislumbrei um pequeno movimento entre as águas.

Outro exemplo, e essa é uma #coincidência realmente assombrosa, aconteceu enquanto escrevia *História do rei transparente*, romance que publiquei em 2005. A ação ocorre na Idade Média e a protagonista é uma camponesa que, no começo do livro, tem quinze anos, uma pobre serva da gleba que fica sozinha num mundo em guerra porque seu pai e seu irmão foram levados como soldados. Para se proteger, Leola, que é como minha camponesa se chama, entra de madrugada num campo de batalha, despe um cavaleiro morto e se cobre com a armadura dele para ocultar sua condição de mulher. É noite de lua cheia e o campo está espectralmente iluminado por uma luz de prata que nos permite ver os cavalos estripados e os cadáveres dos guerreiros, crispados pela rigidez da morte. Eu estava escrevendo essa cena e me encontrava verdadeiramente ali, naquele campo, sob aquele resplendor gelado, cheirando a ferro e a sangue, vagando entre os caídos em busca de alguém com o tamanho ideal para o meu corpo de Leola. Até que finalmente encontrei e, ajoelhando-me ao lado do meu morto, comecei a despi-lo: tirei as brafoneiras, as calças, a cota de malha, o gibão, o capacete e... fiquei com as mãos suspensas, porque queria tirar do meu cadáver aquela peça de armadura que é um capuz de aros de ferro, uma touca que cobre a cabeça e o pescoço deixando só o rosto descoberto, e de repente percebo que não sabia como se chamava. Havia anos eu preparava este livro, reunira uma documentação bastante vasta sobre a Idade Média, achava que sabia tudo ou quase tudo a respeito, e acontece que eu não tinha o nome daquela maldita peça. E aquela palavra que faltava me tirou do campo de batalha, da noite fulgurante, de Leola. Me expulsou do romance com um coice. E eu, que estava hipnotizada escrevendo! Mas não me sentia capaz de continuar se não conseguisse saber o nome exato.

Agora deixe eu lhe dizer como a vida mudou desde 2003 ou 2004, que deve ter sido a data em que aconteceu o que estou contando. Porque hoje você digita no Google "proteção de cabeça armaduras século XII" e imediatamente encontra tudo o que você quer saber, com desenhos, reproduções, etimologias. Acabo de fazer isso e é facílimo. Aliás, esta foto é de uma página que vende armaduras online (que mundo mais estranho).

Só que na época não, de jeito nenhum. Na época era superdifícil, para não dizer quase impossível, descobrir como se chamava aquela peça específica no século XII — porque ainda por cima tinha de pertencer àquela época. As armaduras foram mudando com o tempo e a que eu precisava era justamente daquele período.

    Levantei da minha mesa de trabalho desesperada. Como sempre gostei de história, fazia talvez uma década que eu assinava as revistas *Historia 16* e *La Aventura de la Historia*, e tinha certeza de que em alguma daquelas revistas e daqueles anos havia visto uma ou outra reportagem sobre armaduras medievais. Mas seriam mesmo do século XII? Detalhariam as peças da cabeça? E, principalmente, como diabos encontrar isso? Sou caótica e baguncera, um desastre na verdade, e os exemplares de ambas as revistas estavam socados em qualquer lugar, em vários cantos da casa, sem uma ordem. Encontrá-los seria um trabalho de muitas horas, quem sabe dias, e no final talvez nem me servisse de nada.

    Bufei.

    Sofri.

    Me irritei.

    Grunhi.

    Fiquei dando voltas feito um tubarão pela casa enquanto pensava como solucionar o problema. Mas minha cabeça estava atordoada. Sentindo-me frustrada e desterrada do meu próprio romance, fui para o quarto, me joguei na cama e, esticando o braço, peguei distraidamente da cabeceira o último número de *La Aventura de la Historia*, que tinha acabado de chegar e eu ainda não lera. Abri-o ao acaso, na metade. E ali, em página dupla, havia um detalhado estudo sobre as peças de cabeça das armaduras do século XII, com desenho e tudo. Almafre. A maldita peça se chamava almafre.

    Essa história aconteceu exatamente assim, como estou contando. Pensei bastante nela, acho que quando a revista chegou em casa eu devo tê-la folheado e provavelmente vi, apesar de não me lembrar, a reportagem sobre armaduras. De modo que, depois, meu inconsciente, sempre muito mais sábio do que o consciente, me fez abrir a revista no lugar certo.

De qualquer maneira, isso não explica o fato de *La Aventura de la Historia* publicar esse material justo no mês em que eu precisaria dele.

Existe um deus dos romancistas. Ou uma deusa.

Por último: não é uma #coincidência Elena Ramírez me mandar o diário de Marie Curie justo quando eu acabara de ter um bloqueio e estava prestes a entrar em pânico? E que o fizesse sem ter a menor ideia desse bloqueio? E não é uma daquelas #coincidências que a vida lhe oferece de presente o fato de que, ao ler esse texto curto, eu sentisse tantos ecos despertando dentro de mim? Não só pela morte próxima e pelo luto, não só pela perda e pela ausência, mas porque a própria vida de Marie Curie, sua personalidade, sua biografia, parecia estar atravessada por todas aquelas #palavras sobre as quais eu refletira recentemente, minhas ideias em construção, meus pensamentos recorrentes do último ano. Detesto Jung, abomino a magia e acho que cientistas como Rupert Sheldrake são bastante duvidosos, mas, com os anos, tenho a sensação crescente de que há uma continuidade na mente humana; que, de fato, existe um inconsciente coletivo que nos entrelaça, como se fôssemos cardumes de peixes espremidos, dançando em uníssono sem sabê-lo. As coincidências são parte dessa dança, desse todo, dessa música, dessa canção em comum que não conseguimos ouvir até o final porque o vento só nos traz notas isoladas. Já sei que não há rigor científico no que digo, mas é um pensamento consolador, porque coloca a pequena tragédia da sua vida individual em perspectiva. Quando era mais jovem, na verdade até recentemente, como romancista eu aspirava à grandeza, a elevar-me como uma águia e escrever o grande livro da condição humana. Agora, no entanto, aspiro com simplicidade e modéstia à liberdade. Se pudesse ser verdadeiramente livre escrevendo, livre do eu consciente, dos deveres herdados, da submissão ao olhar dos outros, da própria ambição, do desejo de me elevar como uma águia, dos meus medos, dúvidas, dívidas e mesquinharias, então eu conseguiria descer até o fundo do meu inconsciente e talvez pudesse ouvir por um instante a canção coletiva. Porque lá dentro de mim estamos todos nós. Só sendo absolutamente livre é possível dançar bem, fazer amor bem, escrever bem. Todas elas atividades importantíssimas. E então você me pergunta: está realmente livre neste texto que está escrevendo agora? E eu lhe respondo: Não, oras. Nem mesmo aqui. Mas eu me esforço.

Um sorriso violentamente alentador

Depois da morte de Pierre, pouco a pouco uma corrente de opinião que tentou minar o prestígio de Marie foi tomando forma. Havia cientistas que tinham ciúme do seu sucesso, e sua condição de mulher continuava incomodando muita gente. Assim, não apenas começaram a dizer que sem o marido ela não fazia nada notável, como também tentaram minimizar sua importância no passado e sua contribuição para a descoberta do rádio. É verdade que os trabalhos de Madame Curie não estiveram à altura científica dos feitos dos seus melhores contemporâneos, mas é porque Marie estava ocupada com outras coisas. Como aponta Goldsmith, ela dedicara toda a sua energia e seu laboratório à "pesquisa médica, biológica e industrial em prol da humanidade". Seu lado ativista, político e social, que era mais forte nela do que em Pierre, se intensificou quando ficou sozinha. Além disso, repare que ela tirava proveito prático da sua descoberta, exatamente o contrário daquilo que seu progenitor vaticinara antes de morrer. #honraropai.

Assim, Madame Curie se concentrou no estudo da medição das substâncias radioativas, criou um serviço de autenticação dessas medidas e definiu o padrão internacional do rádio, algo essencial tanto para a indústria quanto para aplicações médicas. O padrão foi aceito pela comunidade científica e recebeu o nome de curie (agora o padrão internacional é o becquerel, mas o curie continua sendo muito usado). Por último, fez algo que lhe exigiu um esforço tremendo: empenhou-se em conseguir o metal puro de rádio (até então só havia sais). Por que assumiu um desafio tão inútil? Bem, porque parte da comunidade científica continuava duvidando daquela maldita intrusa. Barbara Goldsmith explica isso muito bem: "Lorde Kelvin [importante físico e matemático britânico] fez aos 82 anos algo que duvidamos que teria feito se Marie fosse um cientista homem: escreveu uma carta ao *The Times* afirmando que o rádio de Madame Curie não era um elemento, mas um composto de hélio". Só que não mandou sua opinião crítica a uma revista científica, como teria sido o correto: em vez disso, divulgou-a numa publicação geral, no jornal mais importante do país! Que maneira de desdenhar Marie e de tentar rebaixá-la publicamente. Por isso, não é de estranhar que a polonesa combativa e orgulhosa tenha dedicado três anos, ao lado do seu amigo cientista André Debierne, à obtenção do metal puro, para acabar definitivamente com tanta tolice. De fato, conseguiram produzir um quadradinho minúsculo, de um branco brilhante, que escurecia imediatamente em contato com o ar. Conservaram-no na sua forma metálica por pouquíssimo tempo e nunca mais repetiram o processo.

Já para o grande público, Marie era uma celebridade e tanto. A estrela da Ciência, a roqueira do laboratório, com seu passado de santa (o esforço em mexer os caldeirões de pechblenda, a pobreza do barracão em que trabalhavam) e um presente de mártir devido à sua viuvez. Mas parece que agora Madame Curie não desfrutava mais nem um pouco do sucesso. Vivia pelejando contra o luto e era viciada em trabalho. Com frequência ficava no laboratório até as duas da madrugada, e na manhã seguinte já estava lá às oito. Não comia, não descansava. Sua filha Ève falava de desmaios, de colapsos físicos e psíquicos.

Depois que ficou viúva, quiseram lhe dar uma pensão oficial, que ela rejeitou. Então a Sorbonne se viu impelida a lhe oferecer as aulas da cátedra de Pierre, e Marie aceitou. Ela conta isso numa bonita e comovente passagem do seu diário:

> 14 de maio de 1906
> Meu pequeno Pierre, queria te dizer que as chuvas-de-ouro estão em flor, que as glicínias, o espinheiro branco e os lírios estão começando, adorarias ver tudo isso e te aquecer ao sol. Quero te dizer também que fui nomeada para o teu cargo e houve imbecis que me parabenizaram. E também que continuo vivendo desolada e que não sei o que será de mim nem como suportarei a tarefa que me resta. Por vezes parece que minha dor ameniza e adormece, mas logo depois renasce tenaz e poderosa.

Na época, não fazia nem um mês que Pierre havia morrido e a primavera irrompia com aquela desconcertante indiferença com que a vida segue depois do falecimento de alguém querido. Como assim? O mundo permanece igual sem ele? Sua cabeça entende, mas seu coração fica atônito. E o que dizer das chuvas-de-ouro em flor, das glicínias? Como eu entendo esse esplendor vegetal, essa beleza. Pablo também era um grande fã de jardinagem e de botânica. Durante vinte anos subimos todo tipo de montanha e ele me perguntava o nome de cada folhinha. Aprendi a reconhecer algumas, mas na maioria das vezes eu não acertava e achava o teste uma chatice. Hoje eu mesma me faço essas perguntas sempre que vou ao campo; e acho desesperador não ter quem me corrija quando erro. Acontece algo curioso com os mortos queridos, é como se ocorresse uma espécie de possessão. Como se seu morto reencarnasse em você de alguma forma, de modo que você começa a sentir como suas certas fobias ou aflições do ausente que antes não compartilhava. Parece que isso também aconteceu com Marie. No seu diário, ela conta:

Chegada de Jósef e Bronya [os irmãos de Marie]. São bons. Mas fala-se demais nesta casa. Bem se vê que não estás mais aqui, meu Pierre. Tu, que tanto detestavas barulho.

E vários trechos mais adiante:

Tentei me cercar de um grande silêncio.

Segundo Ève, sua mãe não consentia nenhum ruído, nenhum grito. E acabou falando tão baixo que mal se ouvia. Como se estivesse seguindo, e até mesmo multiplicando, as manias de Pierre.
Mas eu estava dizendo que Madame Curie aceitou assumir a cátedra do marido. Quando o curso começou, escreveu:

6 de novembro de 1906
Ontem dei a primeira aula substituindo meu Pierre. Que desolação e que desespero! Terias ficado feliz em me ver como professor [sic] na Sorbonne, eu mesma o teria feito por ti com gosto. Mas fazê-lo em teu lugar, oh, meu Pierre, crueldade maior não há. Como sofri, como estou desanimada. Sinto que a faculdade de viver morreu em mim, não tenho nada mais além do dever de criar minhas filhas e continuar a tarefa que aceitei. Quiçá seja também o desejo de provar ao mundo e sobretudo a mim mesma que aquela a quem amaste realmente valia algo.

Ah, que tremenda essa passagem do seu diário... Marie é a primeira a duvidar. Sua luta contra o mundo passa antes de tudo por uma luta contra si mesma. Quando todos ao seu redor e sua própria educação estão lhe dizendo que você não é, que não serve, que não condiz com esse #lugar, é difícil não se sentir uma impostora. Mas Marie aceitou o desafio, como sempre fazia. Deu aulas a partir de 1906, embora a Sorbonne tenha levado mais dois anos para lhe conceder oficialmente a titularidade da cátedra. Foi a primeira mulher a lecionar na universidade.

O breve diário dirigido a Pierre termina justamente no aniversário da sua morte. Suponho que Marie, sempre esforçada para #fazeroquesedeve, considerou que um ano era o luto permitido, o luto decente e adequado. Esta é a última entrada:

> Abril de 1907
> Faz um ano. Vivo para as tuas meninas, para o teu pai idoso. A dor é surda, mas segue viva. A carga pesa sobre meus ombros. Quão doce seria dormir e não acordar mais. Como são jovens minhas pobres pequeninas! Como me sinto cansada! Ainda terei coragem para escrever?

Não, não teve. Nesse parágrafo final, faltou Marie incluir que também vivia para o trabalho. Fora isso, era verdade que não saía nem via ninguém. Ou quase ninguém, à exceção de um grupinho de íntimos colaboradores científicos.

E assim foram passando os anos.

Até que, de repente, aconteceu.

No início de 1910, o pai de Pierre morreu. Marie adorava o sogro, que, além do mais, vivia com ela. Deve ter sido uma aflição dolorosa. Mas poucos meses mais tarde, na primavera, Madame Curie apareceu um dia para tomar café na casa de alguns amigos — o matemático Émile Borel e sua mulher — e estava diferente, rejuvenescida, feliz. Em vez de ir de preto, como sempre, havia posto um vestido branco e trazia uma rosa presa à cintura.

Quer adivinhar de novo ou é óbvio demais? De fato: estava apaixonada. Na época Marie tinha 42 anos e fazia quatro que Pierre morrera. Bem podia se permitir que a vida aquecesse de novo seu coração. O eleito era Paul Langevin, cinco anos mais novo que ela, um físico eminente (a título de curiosidade, direi que inventou o sonar, embora tenha entrado para a história por conquistas científicas muito mais importantes), antigo aluno de Pierre, amigo e colaborador muito próximo do casal Curie. E ainda por cima… era bonito! Mas num estilo sedutor tipo oficial militar, muito bigodudo e intenso.

O problema é que Paul Langevin era casado. Todo mundo sabia que há anos ele e a mulher, Jeanne Desfosses, se davam bastante mal… mas tinham tido quatro filhos. Paul e Marie se encontravam com frequência por questões profissionais: entre outras coisas, ele a ajudava a preparar as aulas na Sorbonne. Marie confessou a uma amiga que estava fascinada pela "maravilhosa inteligência" de Langevin (e pelos seus bigodes rotundos e pela chama dos seus olhos, atrevo-me a acrescentar). Quanto a ele, sentia-se atraído por Marie "como por uma luz, no santuário de luto em que ela havia se encerrado, com um afeto fraternal nascido da amizade por ela e seu marido, que foi se tornando mais estreito […] e comecei a buscar nela a ternura que me faltava em casa".

Curiosamente, algumas biografias — como a bastante recente de Belén Yuste e Sonnia Rivas-Caballero — continuam passando cheias de dedos por esse incidente, ou até mesmo negando sua veracidade, como se fosse algo vergonhoso. Para mim não é. Além de Marie ter todo o direito de se apaixonar, vergonhoso mesmo foi o escândalo que se criou. O linchamento a que ela foi submetida.

Parece que em julho de 1910 já eram amantes. Mais uma vez, o coração vulcânico de Marie se lançou ao amor. Escreveu a Langevin:

> Seria tão bom conseguir a liberdade necessária para nos vermos tanto quanto nossas diversas ocupações permitirem, para trabalhar juntos, passear ou viajar juntos, quando as circunstâncias o permitirem. Existem profundas afinidades entre nós que não precisam mais do que uma situação favorável para se desenvolver... O instinto que nos levou um ao outro era muito poderoso... O que não poderia surgir desse sentimento? Acredito que podemos extrair tudo dele: um bom trabalho em comum, uma boa e sólida amizade, coragem para viver e até mesmo lindos filhos no sentido mais belo da palavra.

Uau: falava metaforicamente ou queria mesmo ter filhos com ele? Aos 42 anos? Marie tentava dar a suas palavras um tom sensato e contido (*o que nossas ocupações permitirem e blá-blá-blá*), mas no fundo a paixão uivava como uma cadela no cio. É um texto escrito com o corpo. Com a pele. Com uma memória ainda em chamas pela glória do sexo. A julgar por essa carta, Marie estava perdida: queria estar com Langevin o tempo inteiro.

Olho agora as fotos de ambos, fotos mais ou menos daquela época, e me esforço para imaginá-los na cama.

Para mim não há nada mórbido ou impudico em tentar visualizá-los no ato sexual. Muito pelo contrário: há um desejo de senti-los próximos, de estar na pele deles, de compreendê-los. Sempre achei que o sexo é uma via maravilhosa para poder se colocar no lugar do outro. Quando visito ruínas arqueológicas e lugares históricos e antigos, procuro imaginar aqueles habitantes remotos fazendo amor, pois, por mais que os costumes tenham mudado, o ato não pode ser muito diferente. Nos castelos medievais, no misterioso Machu Picchu, nas vetustas pirâmides do Egito: a pele sempre foi pele e o desejo, desejo. E assim posso sentir sua presença, posso reviver os antigos na minha mente, saber o que viram, o que sentiram. A intimidade do leito, a penumbra, a embriaguez de braços quentes e fortes, de um pescoço suado, a suavidade das ancas, o esplendor do toque. No caso de Marie e Paul, vejo perfeitamente a silhueta daquele bigodão de Langevin contra o teto à luz de uma vela. E aquele olhar de ternura, de surpresa e de desejo.

    Fico feliz que o sangue tenha voltado a ferver nas veias de Marie. Só lamento que durasse tão pouco e que ela pagasse tão caro. A mulher de Paul, que havia aguentado tantas infidelidades do marido, enlouqueceu ao descobrir que ele estava com

Curie (e como soube? Langevin deu com a língua nos dentes?). Entendo que se sentisse duplamente traída porque Marie era do seu círculo e se conheciam, o que é sem dúvida muito desagradável. Mas, de qualquer forma, parece que Jeanne era uma mulher terrível, louca e violenta, e que Paul e ela mantinham uma daquelas relações doentias que são um inferno. Naquela primavera de 1910, imagino que pouco antes de se tornarem amantes, Jeanne disse a Marie que Paul a tratava com crueldade (será que a agredia?). Assim, Marie repreendeu Langevin, que lhe mostrou então um corte profundo na cabeça, de uma garrafada que Jeanne lhe dera (será que se agrediam?). Enfim, um horror.

O fato é que, quando descobriu a relação, aquela energúmena disse que mataria Marie, e Paul acreditou que ela era bem capaz de fazê-lo. Uma noite, Jeanne e sua irmã atacaram Madame Curie num beco escuro e ameaçaram tirar sua vida se ela não fosse embora da França no mesmo instante. Aterrorizada, Marie não se atreveu a voltar para casa e se refugiou na casa de um amigo, Perrin, que seria prêmio Nobel de física em 1926. As coisas continuaram péssimas durante meses. Paul e Marie se encontravam, quando podiam, num apartamento que ele havia alugado perto da Sorbonne. Há uma série de cartas de Marie a Paul, escritas em 1910, nas quais se vê que Madame Curie entrava numa fase de angustiante amor desenfreado, algo compreensível, dadas as circunstâncias. Estava obcecada por Langevin, provavelmente porque ele se comportava de maneira ambígua, e não há nada que avive tanto a paixão quanto a sensação de que o amado nos escapa. Marie, que devia estar há anos, como todos os amigos, ouvindo as amargas queixas conjugais de Paul, queria que ele se separasse de uma vez por todas da mulher. Nada mais lógico. Mas Langevin era um indeciso insuportável; já havia se separado de Jeanne em outra ocasião e acabou implorando para que ela o deixasse voltar. Às vezes, as relações fundadas em sofrimento são mais duradouras do que aquelas baseadas em amor.

Marie escrevia a ele coisas assim: "Paul meu, te abraço com toda a minha ternura… Tentarei voltar ao trabalho, embora seja difícil neste estado de nervos". Ou assim: "Pensa nisso, Paul meu, quando te invadir o medo de fazer mal aos teus filhos; eles nunca correrão tanto risco quanto minhas pobres meninas, que poderiam ficar órfãs da noite para o dia se não encontrarmos uma solução estável". Na sua magnífica biografia de Curie, Goldsmith considera que nesse parágrafo há uma ameaça velada de suicídio, mas para mim, na verdade, parece mais que está falando da possibilidade de a terrível Jeanne cumprir sua promessa criminosa. Goldsmith também critica Marie por esta outra carta, que a biógrafa considera cruel e insensível: "Não te deixes influenciar por uma crise de gritos e lágrimas. Pensa no ditado do crocodilo que chora ao comer sua presa, as lágrimas da tua mulher são desse tipo". Já eu acho que é um conselho bastante sensato para tentar proteger o amado de uma relação obviamente desequilibrada, melodramática e violenta. Não sei, parece que há um profundo preconceito oculto que continua vigente, mesmo hoje, contra a mulher que se envolve num adultério. A outra. A má.

"Quando sei que estás com ela, minhas noites são atrozes. Não consigo dormir, a duras penas posso dormir duas ou três horas; acordo com a sensação de febre e não consigo trabalhar. Faz o que puderes e acaba logo com isso. Não posso continuar vivendo nessa situação", escreve Marie. Ah, o tormento do ciúme.

Não desças nunca [do quarto do andar de cima], a menos que ela venha te buscar; trabalha até tarde… Quanto ao pretexto que estás procurando, diz-lhe que, por trabalhar até tarde e acordar cedo, precisas descansar […] e que seu pedido de dividir o leito te irrita e te impede de descansar normalmente.

Como se não tivesse sido clara o suficiente, Marie diz a Langevin que nem pense em fazer amor de novo com sua mulher e ter um filho: "Se isso acontecesse, significaria nossa separação definitiva... Posso arriscar minha vida e minha posição por ti, mas não poderia aceitar essa desonra.... Se tua mulher perceber, utilizará esse método imediatamente". Não parecia ter muita confiança em Paul, e com razão. Na época, Marie disse à sua amiga Marguerite Borel que temia que Langevin cedesse às pressões de Jeanne: "Você e eu somos firmes... ele é frágil".

E aqui é preciso fazer um parêntese para falar da #fragilidadedoshomens, essa grande verdade que todas nós conhecemos mas não mencionamos.

O que quero dizer é que o verdadeiro sexo frágil é o masculino. Não se aplica a todos os homens e nem sempre, mas, se é para falar de fragilidade de gênero, os homens levam todos os louros. Em todo caso, *nós* os julgamos frágeis e, consequentemente, os tratamos com o maior desvelo e com uma superproteção absurda. Talvez seja algo do instinto maternal, que é uma pulsão sem dúvida poderosa. O fato é que muitas vezes mimamos os homens como se fossem crianças e tomamos um cuidado admirável para não ferir seu orgulho, sua autoestima, sua frágil vaidade. Eles nos parecem imaturos, precários, infinitamente necessitados de atenção, de admiração e de aplauso. Há anos publiquei um microconto sobre o assunto. Chamava-se "Un pequeño error de cálculo" [Um pequeno erro de cálculo]:

> O Caçador volta de sua caçada, ferido e exausto, e joga o cadáver do tigre aos pés da Coletora, que está sentada na boca da caverna separando as bagas comestíveis das venenosas. A mulher observa como o homem mostra seu troféu com orgulho mas sem perder aquela vaga atitude de respeito com que sempre a trata; diante do poder de morte do Caçador, a Coletora possui um poder de vida que o assombra.

O rosto do Caçador está repuxado pelo cansaço e orlado por uma espuma de sangue seco. Olhando para ele, a Coletora lembra do filho que pariu na última lua, também todo ele sangue e esforço. A mulher se enternece, acaricia o cabelo hirsuto do homem e decide dar-lhe um pequeno presente: durante todo o dia, pensa ela, até o sol se esconder atrás das montanhas, eu lhe deixarei acreditar que é o dono do mundo.

Quantas vezes nós, mulheres, mentimos para os homens. Em quantas ocasiões fingimos saber menos do que sabemos, para que pareça que eles sabem mais. Ou dizemos que precisamos deles para algo, mesmo que não seja verdade, só para fazê-los se sentirem bem. Ou os bajulamos descaradamente para comemorar qualquer pequena conquista. E até achamos comovente constatar que, por mais exagerada que seja a lisonja, eles nunca percebem que estamos puxando seu saco, porque na verdade precisam ouvir esses elogios, como aqueles adolescentes que necessitam de um apoio extra para poder confiar em si. Sim, eles são capazes de combater na linha de frente em guerras terríveis, de arriscar a vida subindo o Everest, de cruzar selvas tempestuosas para encontrar a nascente do Nilo, mas no plano emocional, sentimental, na realidade do dia a dia, os homens nos parecem francamente #frágeis.

A grande Alice Munro tem um conto, "Mobília de família", em que a protagonista, uma garota jovem, vai almoçar na casa de Alfrida, uma tia cinquentona com quem mal tem contato. Sentado à mesa também está o marido da tia, Bill, que, depois de passar metade do almoço sem dizer nada, de repente engata uma ladainha sobre como as verduras congeladas são muito melhores do que as naturais. "Alfrida inclinou-se para a frente com um sorriso. Parecia quase conter a respiração, como diante de um filho que começa a andar sem apoio ou tenta pedalar pela primeira vez", diz Munro. Em seguida, a tia olha para a garota esperando que ela intervenha depois das palavras de Bill. E a protagonista-narradora escreve:

> Se eu não dizia nada, não era por grosseria ou tédio [...], mas porque não entendia a obrigação de fazer perguntas, quaisquer perguntas que fossem, para encorajar um macho tímido a conversar, tirá-lo do ensimesmamento reconhecendo-o como homem de certa autoridade e, portanto, como o homem da casa. Eu não entendia por que Alfrida o contemplava com um sorriso tão violentamente alentador.

Que delicioso parágrafo sobre o #frágil Bill e a protetora Alfrida (topei com esse conto por acaso no livro que estou lendo enquanto escrevo este capítulo: outra #coincidência).

Sim, é claro, obviamente que também há mulheres atrozes, más, violentas, bruxas como Jeanne Langevin que não só não mimam nem um pouco seus homens, como tentam humilhá-los, castrá-los, destruí-los. Existe uma mulherada perversa, assim como existem machos brutais que surram ou matam suas esposas. Quando falo do nosso instinto protetor me refiro a algo geral, à maneira como a maioria de nós tratamos os homens que amamos. Enfim, é possível que a #fragilidade que acreditamos ver neles não seja mais do que uma ilusão, que talvez fosse muito melhor para todos se deixássemos de superprotegê-los. Mas a verdade é que também há muitos homens que parecem perceber essa suposta fragilidade. Lembro uma série maravilhosa de charges do humorista Forges. Os protagonistas eram um casal adorável: Mariano, um personagem pequenininho com narigão, óculos e dois fios no cocuruto, e sua esposa, Concha, gigantesca baleia de cabelo encaracolado com permanente. Veja se isso não é a representação gráfica perfeita da #fragilidade masculina.

Marie Curie sempre foi uma mulher forte, muito forte; e parece que sempre viu os homens um pouco como meninos necessitados de compreensão e de cuidados. No seu diário, narra uma cena comovente ocorrida no campo, naqueles últimos dias que os Curie passaram juntos e felizes em Saint-Rémy:

Os charcos estavam meio secos e não havia nenúfares, mas os tojos floresciam: nós os contemplamos admirados. Levávamos Ève no colo, primeiro um, depois o outro — principalmente eu. Sentamos junto a uma gérbera e eu tirei minha anágua para que não te sentasses diretamente no chão. Tu me trataste como se eu estivesse louca e me repreendeste, mas eu não me importava, tinha medo de que pegasses algo.

É verdade que Pierre estava muito doente e Marie, muito preocupada, mas, ainda assim, a cena mostra uma deliciosa inversão de papéis, Madame Curie como o cavalheiro galante que, em vez de jogar sua capa sobre a lama, estende suas anáguas. Marie sempre foi um cavalheiro e tanto (recordemos seu dedo anelar mais comprido).

Ève inclui dois parágrafos no seu livro que mostram a #fragilidade do pai, e que são bem menos encantadores. No primeiro, diz:

> Apesar de sua doçura [de Pierre], era o mais possessivo e ciumento dos maridos. Estava tão acostumado à presença constante de sua mulher que a menor ausência dela o impedia de pensar livremente. Se Marie se entretinha um pouco mais com sua filha [a bebê que estava ninando], ele a recebia quando voltava à sala com uma recriminação tão injusta que até parecia cômica: "Você não pensa em outra coisa senão nessa menina!".

Cômico, nada: quer dizer que além de dar aulas em Sèvres, trabalhar no laboratório, fazer geleia, tomar conta da casa e cuidar das filhas, Marie ainda tinha de pegar Pierre no colo! O outro comentário é ainda mais inquietante:

> Se Marie, em geral não muito falante, se permitia discutir acaloradamente um ponto científico numa reunião de homens da Ciência, podia-se vê-la corar, interromper-se abalada e dirigir-se ao marido para passar a palavra a ele, tamanha era sua convicção de que a opinião de Pierre era mil vezes mais valiosa do que a sua.

Uma ova! Por isso se abalava? Por isso enrubescia? Não, o que acontecia é que de repente lembrava que o marido estava presente, e então se apressava para lhe ceder passagem, para que ele não se sentisse magoado, para que não visse ameaçado seu lugar de "homem de autoridade", como diria Alice Munro. Com certeza depois ela o contemplaria, enquanto ele falava, com um sorriso violentamente alentador.

E se Marie protegeu Pierre, que sem dúvida foi o homem mais homem que passou pela sua vida, um sujeito mais ou menos sólido, é provável que se sentisse ainda mais impelida a superproteger indivíduos obviamente mais #frágeis. Quando jovem compreendeu, perdoou e desculpou durante anos as dúvidas e fraquezas de Casimir, e agora se colocava de novo no mesmo lugar diante de Paul Langevin: "Você e eu somos firmes... ele é frágil". Quantas e quantas vezes ao longo da história as mulheres não disseram ou pensaram exatamente isso?

Assim estavam as coisas, afinal, quando chegou 1911, o ano mais conturbado e terrível para Madame Curie. Começou em janeiro com o erro de se candidatar para a Academia de Ciências. Talvez fosse, quem sabe, uma maneira de flertar com Langevin, mas ela errou ao se pôr nesse lugar de risco, porque, como eu já disse, além de não ser eleita, sofreu a primeira saraivada de ataques sensacionalistas na imprensa. Na Semana Santa, Jeanne contratou um detetive que conseguiu roubar de Paul as cartas de Marie: Langevin era um crânio em física e matemática, mas parece que na vida real era bastante idiota. Trata-se das cartas cujo conteúdo citei antes, um material sem dúvida bastante íntimo que Jeanne ameaçava publicar. Langevin, frenético, foi embora de casa, mas voltou duas semanas depois. É de imaginar o desespero, o medo e o esgotamento nervoso de Marie durante esses meses.

No outono, tanto Marie quanto Langevin estiveram em Bruxelas como convidados do primeiro dos prestigiosos congressos Solvay, jornadas nas quais os melhores cientistas do momento se reuniam para debater e compartilhar seus trabalhos. O congresso foi realizado de 30 de outubro a 3 de novembro e reuniu vários Nobel já premiados ou em vias de sê-lo, como De Broglie, Einstein, Perrin, Lorentz, Nernst, Planck e Rutherford. Ao todo havia 21 cérebros privilegiados e Marie Curie era, obviamente, a única mulher. Há uma foto maravilhosa e comovente em que ela aparece bastante só e deslocada entre tantos figurões de colarinho engomado.

Enquanto a maioria dos imponentes varões olha fixo para a lente da câmera e para a História, Marie está absorta em sabe-se lá que grave questão com Poincaré, que se encontra à sua esquerda. À sua direita, também concentrado, seu grande amigo Perrin. Atrás de Marie está o robusto Rutherford, um dos poucos presentes que demonstra uma expressão normal e alegre. E os dois homens à direita da foto são Paul Langevin e um Einstein jovenzinho, que conheceu Marie nesse congresso.

Langevin parece bastante distraído. É possível dizer inclusive que está tenso e pensando em outra coisa — o que não me surpreende, sabendo o que sabemos. Ele também está perto de Marie. Fico imaginando o que seriam aqueles dias do primeiro Solvay. Será que se atreveriam a perambular de madrugada pelos corredores do hotel? Não parece muito provável, considerando o tamanho do problema que tinham nas costas, mas já sabemos que paixão é paixão, e que ela sempre deu origem às maiores e mais impensáveis loucuras, mesmo nas pessoas mais ponderadas. Além disso, eles não tinham tantas oportunidades assim de se encontrar sossegados e a salvo da louca da esposa; e, por outro lado, será que não achariam excitante a pomposa seriedade do encontro? Ser amantes e roçar um no outro secretamente todas as noites, chegar àquelas reuniões tão solenes com a marca dos beijos ainda ardendo na pele e fingir que nada estava acontecendo? Será por isso que Marie está tão aparentemente concentrada no trabalho e no pobre Poincaré? É por isso que Langevin está tão ausente?

No seu rigoroso livro sobre Madame Curie, Sánchez Ron explica que, naquele primeiro congresso (ela compareceu a outros seis), a cientista se limitou a participar dos debates que sucediam às apresentações, e reproduz algumas das suas intervenções. Marie dizia coisas como esta:

> Pode existir de modo absoluto uma ligadura rígida? Não parece possível, do ponto de vista da teoria cinética padrão, admitir que, por um lado, as moléculas sejam absolutamente rígidas nos gases diatômicos e que, por outro, essa rigidez desapareça progressivamente quando passam a estados mais condensados.

E como esta:

> Pode-se tentar imaginar mecanismos que permitam interromper essa emissão [de uma partícula de energia]. É provável então que esses mecanismos não sejam em nossa escala, e que seriam comparáveis aos *demônios* de Maxwell: permitiriam obter dispersões a partir das leis de radiação previstas pela estatística, assim como os *demônios* de Maxwell permitem obter dispersões a partir das consequências do princípio de Carnot.

Uau! Não entendo nada, mas como soa bem! Imagine só dizer e discutir tudo isso enquanto se tem ao lado o cotovelo de Langevin. Falar da rigidez dos gases diatômicos e não se atrever a olhar seus olhos de carvão (melhor se concentrar no bondoso Poincaré); mencionar as variâncias provocadas pelos *demônios* e tentar não pensar e não sentir o calor que o corpo do seu amante irradia, a três cadeiras dali. Sim, deve ter havido muita dispersão e muitos demônios naquele primeiro Solvay.

O esplendor e a angústia da paixão.

Imediatamente depois, tudo explodiu. Destruição total. Foi como uma bomba de nêutrons.

Em 4 de novembro, dia seguinte ao encerramento do Solvay, o *Le Journal* publicou uma reportagem intitulada "Uma história de amor: Madame Curie e o professor Langevin". Dizia-se que a mulher de Langevin tinha cartas que os incriminavam e que Marie era uma *devoradora de homens* que havia destruído um casal com quatro filhos. "Sabíamos desse *affaire* havia vários meses. Teríamos continuado mantendo o rumor em segredo se ele não tivesse se espalhado ontem, quando os dois protagonistas desse relato fugiram, um abandonando casa, esposa e filhos, a outra renunciando a seus livros, laboratório e glória", acrescentavam, delirantes. Quando Madame Curie voltou à sua casa em Sceaux (para onde havia se mudado depois da morte de Pierre), deparou com uma multidão furiosa que jogava pedra nas janelas, aterrorizando as meninas, a época com catorze e dezessete anos. Marie teve de pegar as filhas e sair correndo; refugiou-se na casa do seu amigo matemático Émile Borel, diretor científico da Escola Normal Superior, que lhes deu proteção, embora o Ministério da Educação tenha ameaçado demiti-lo se o fizesse. As pessoas pareciam ter ficado loucas.

Em poucos dias a notícia se tornou um escândalo mundial. Começaram a dizer verdadeiros disparates sobre Marie, dentre eles que a relação com Langevin havia começado enquanto Pierre ainda era vivo, e que por isso o marido se suicidara, atirando-se debaixo das rodas da charrete. O jornal *L'Intransigeant* publicou que a capacidade científica de Marie havia sido superestimada, e que era preciso simpatizar com a "mãe francesa, que [...] só queria cuidar de seus filhos. É com essa mãe, não com uma mulher estrangeira, que o público simpatiza [...]. Esta mãe ama suas crianças. Tem argumentos. Tem apoio. Tem, acima de tudo, a eterna força da verdade a seu lado. Ela triunfará". Como uma torrente, aquele traço tão terrível de certa parte da sociedade francesa emergiu: o chauvinismo, o antissemitismo, o ódio e o desprezo ao diferente. Como escreveu Ève com amargura:

> Ela foi tachada sucessivamente de russa, alemã, judia, polonesa; era a *mulher estrangeira* que havia chegado a Paris como uma usurpadora para conquistar uma posição elevada de modo inapropriado. Mas sempre que Marie Curie era aclamada por seu talento em outros países, quando lhe dispensavam elogios nunca antes ouvidos, imediatamente ela se transformava, nos mesmos jornais e com a assinatura dos mesmos jornalistas, na *embaixadora da França*, na *legítima representação do gênio de nossa raça* e numa *glória nacional*.

Marie, aterrorizada com a possibilidade de que as cartas fossem publicadas, divulgou um comunicado no *Le Temps*: "Considero que todas as intromissões da imprensa e do público em minha vida privada são abomináveis... Daí, pois, que penso empreender rigorosas ações judiciais contra toda publicação de notas que me sejam atribuídas". Acrescentava que defender que Langevin e ela tinham desaparecido era uma "louca extravagância", pois toda a comunidade científica sabia que eles haviam participado de um congresso em Bruxelas. E terminava dizendo com corajosa dignidade: "Não há nada em meus atos que me obrigue a me sentir diminuída. Não acrescentarei mais nada".

Acontece que, para aumentar o incrível caos daqueles dias, na mesma semana em que saiu a notícia do *Le Journal*, Marie recebeu um telegrama comunicando que haviam lhe concedido o prêmio Nobel de química. Ninguém deu importância ao galardão em meio ao escândalo. Muitos amigos antigos e colegas cientistas ficaram contra ela. Paul Appell, decano de Ciências da Sorbonne, tentou que um grupo de professores da universidade exigisse que Madame Curie abandonasse a França. Acabou desistindo do seu propósito porque sua filha Marguerite, esposa de Émile Borel, ameaçou nunca mais vê-lo se seguisse em frente. Marie também teve apoio, é claro: de Perrin, de Jacques Curie — irmão de Pierre —, de André Debierne e dos Borel. Recebeu uma afetuosa carta de Einstein:

> Sinto necessidade de lhe dizer o quanto admiro seu espírito, sua energia e honradez. Considero-me afortunado por ter podido conhecê-la pessoalmente em Bruxelas. Serei sempre grato que tenhamos entre nós pessoas como a senhora e como Langevin, genuínos seres humanos de cuja companhia podemos nos congratular. Se essa corja continuar se ocupando da senhora, simplesmente pare de ler essas tolices. Deixe-as para as víboras, que é para quem foram fabricadas.

Os conselhos do jovem físico eram fáceis de se dizer, mas muito difíceis de se seguir. Principalmente quando, no dia 23 de novembro, foram publicados longos trechos das cartas no jornal *L'Oeuvre*, com o título "Os escândalos da Sorbonne".

O mais interessante e desesperador é constatar que a *malvada* da história era Marie. Ninguém pedia que Langevin deixasse a universidade, embora na realidade fosse ele o adúltero. O *L'Action Française* escreveu:

> Esta mulher estrangeira pretende falar em nome da razão, em nome de uma vida moralmente superior, de um ideal nobre sob o qual seu monstruoso egoísmo se esconde. Em nome do exposto acima, usufrui a seu bel-prazer destas pobres criaturas: do marido, da esposa e das crianças...

Ou seja, Paul Langevin era apenas um pobre homem enganado por uma megera! Um jornalista chamado Gustave Téry escreveu que Langevin era bronco e covarde, e Paul o intimou para um duelo. Foi um desafio absurdo: Téry não levantou a pistola porque disse que não podia matar um cientista tão valioso, e Langevin baixou sua arma sem disparar porque "teria sido um assassinato". Houve ainda outros quatro duelos motivados pelo escândalo, nenhum com consequências fatais. O caso estava se transformando numa espécie de ópera-bufa.

Então Marie recebeu um comunicado do Nobel pedindo-lhe que não fosse à Suécia buscar seu prêmio. Era um texto brutal que mencionava as cartas de amor publicadas e o "duelo ridículo de Langevin", e acrescentava: "Se a Academia acreditasse que as cartas [...] podiam ser autênticas, é muito provável que não lhe tivesse concedido o prêmio". A resposta de Marie, naqueles momentos tão terrivelmente difíceis, foi grandiosa:

> Acredito que a atitude que os senhores me recomendam seria um grave erro de minha parte. Na realidade, o prêmio foi concedido pela descoberta do rádio e do polônio. Creio não haver qualquer relação entre meu trabalho científico e os fatos de minha vida privada... Não posso aceitar, por princípios, a ideia de que a apreciação do valor do trabalho científico seja influenciada pela calúnia e pela difamação sobre minha vida privada. Estou convencida de que muitas pessoas compartilham da mesma opinião. Entristece-me profundamente que os senhores não estejam entre elas.

Uau! Dá vontade de levantar da cadeira e aplaudir de pé. Quanta dignidade e quanta coragem. Naturalmente, Marie foi buscar seu Nobel. E dessa vez foi ela quem fez o discurso de aceitação. Disse que o prêmio era uma homenagem à memória de Pierre Curie.

E depois dessa incrível gesta, de ter enfrentado de pé e com a cabeça erguida o linchamento público durante semanas, de ter lutado pelo Nobel, de ter ido buscá-lo, Marie Curie desmoronou. Estava destruída. Pense na sua índole orgulhosa e obsessiva, na tortura cruel que o embaraçoso escândalo deve ter provocado num temperamento assim. Pense, também, no seu coração dilacerado ao ver sua relação com Paul destruída. E pense no seu estado físico, já consideravelmente maltratado pelas radiações. Caiu em depressão profunda, a pior, a mais sombria da sua vida. "Marie foi empurrada para a beira do suicídio e da loucura", escreve Ève. Internaram-na num hospital com uma crise renal e, meses depois, foi operada de um rim. Mas o pior de tudo é que Madame Curie não queria viver. Negava-se a comer e emagreceu nove quilos, chegando a pesar 46 (e era uma mulher alta). Trasladou suas filhas para uma casa nova no centro de Paris, porque a de Sceaux estava permanentemente cercada de curiosos, e as deixou ali a cargo de uma preceptora. Depois, desapareceu. Por quase um ano, Marie não trabalhou nem viu as filhas. Esteve refugiada em vários lugares, em estâncias, casas de campo alugadas. Registrava-se com nomes falsos. O ano de 1912 foi perdido, desesperador. O ano da desgraça. Depois, sua admirável coragem e integridade conseguiram colocá-la novamente de pé. Em 1913 ela já trabalhava de novo no seu laboratório, mas de alguma maneira nunca mais foi a mesma. Acho que decidiu envelhecer. Foi naquele 1913 que Einstein disse que ela parecia "fria como um peixe". Mal sabia ele que estava vendo apenas a capa endurecida pela intempérie de um núcleo de lava.

Quanto a Langevin, finalmente assinou um acordo de separação com sua mulher e ficou livre (embora Marie não estivesse mais no horizonte: recuperaram a amizade, mas nunca o amor). No entanto, para o cúmulo da vulgaridade e do ridículo, três anos depois o casal voltou a se reconciliar, e Paul, é claro, arranjou outra amante — dessa vez, convenientemente anônima. Não se pode dizer que a vida sentimental de Langevin fosse exatamente admirável: que exemplo perfeito de #fragilidade. Mas espere que ainda há mais. Vários anos depois, ele teve uma filha ilegítima com uma das suas antigas alunas (tudo tão clichê) e pediu a Madame Curie que desse à menina um trabalho no seu laboratório. E quer saber? Marie deu.

Velhas asas que se desfazem

"Morrer é parte da vida, não da morte: é preciso viver a morte", diz com admirável simplicidade a dra. Iona Heath. Nós, humanos, não sabemos o que fazer com a morte. Grande impensável incontornável cruel terrível. Então, como não sabemos o que fazer, fabricamos tumbas, dólmenes, necrópoles megalíticas, mastabas, pirâmides, sarcófagos, panteões, túmulos coletivos, túmulos individuais, jazigos, mausoléus, lápides, criptas, nichos, ossários, solenes cemitérios. O tempo, o dinheiro, o esforço e o espaço investidos em construir para os mortos poderiam ter melhorado bastante a vida dos vivos. Embora, pensando bem, quem se importa? Esses vivos não eram mais do que projetos de cadáver.

Mas nem a mais monumental das pirâmides é suficiente para nos defender da morte, por isso nos cercamos também de rituais. Como eles são importantes para os vivos. Lembre-se de Aquiles maculando o cadáver de Heitor: eis o núcleo da tragédia, a maior atrocidade narrada na *Ilíada*. E olhe que é uma obra cheia de coisas assombrosas: raptos, estupros, massacres, traições. Mas nada é tão horrível quanto profanar o cadáver do seu inimigo. Porque se você não é capaz de compreender, de reconhecer e respeitar o sofrimento dos enlutados, tampouco pode reconhecer sua própria humanidade nem respeitar a si mesmo. A dor é pura e sagrada, disse uma nonagenária ao escritor Paul Theroux, e é uma frase que ficou marcada a ferro e fogo na minha memória. É verdade: a dor é pura e sagrada, e mesmo na morte pode haver beleza, se soubermos vivê-la.

Já citei Thomas Lynch, aquele curioso escritor estadunidense que também dirige uma funerária num pequeno vilarejo: "Todo ano enterro uns duzentos vizinhos". Um ofício inquietante. No seu livro *The Undertaking* [O empreendimento] há uma página maravilhosa que vem a ser a antítese da ira de Aquiles. Uma menina tinha sido assassinada por um sujeito desequilibrado psicologicamente; aconteceu no dia em que ela faria a fotografia anual da escola, por isso a garota tinha saído de casa vestida com sua melhor roupa. Nunca chegou ao colégio. Encontraram-na 24 horas mais tarde: tinha sido estuprada, estrangulada, esfaqueada e depois ainda moeram sua cabeça com um taco de beisebol. Então a menina, ou o que restava dela, chegou à funerária. "Um homem com quem trabalho chamado Wesley Rice passou um dia e uma noite inteiros reconstruindo o crânio dela com todo cuidado", diz Lynch.

> A maioria dos embalsamadores, confrontada com o mesmo que Wesley Rice ao abrir o saco do necrotério, simplesmente teria dito "caixão fechado", teria tratado os restos apenas o suficiente para controlar o cheiro, fechado o saco e ido para casa tomar uma bebida. Muito mais fácil. O salário é o mesmo. Mas, em vez disso, Wesley Rice começou a trabalhar. Dezoito horas depois, a mãe da menina, que implorava por vê-la, a viu. Estava morta, disso não havia dúvida, morta e deteriorada; mas seu rosto era novamente o seu, e não a versão de um maníaco [...]. Wesley Rice não a ressuscitou dos mortos nem escondeu a dura realidade, mas a resgatou da morte de quem a assassinou. Fechou seus olhos e a boca. Lavou suas feridas, suturou os cortes, reconstruiu o crânio espancado [...], vestiu-a com jeans e um suéter azul de gola alta e colocou-a no caixão ao lado do qual sua mãe soluçou por dois dias [...]. O enterro

da menina foi o que nós que trabalhamos em funerárias chamamos de um bom enterro. Ele serviu aos vivos cuidando dos mortos.

Há beleza aí, não?
Uma beleza trêmula, como uma velha borboleta batendo lentamente um par de asas que se desfazem.
No entanto, acredito que estamos cada vez mais longe disso tudo. Mais longe da pureza da dor. Iona Heath cita no seu livro uma pesquisa de um tal de Ricks. Parece que foi feito um estudo sobre o atendimento a pacientes com demência avançada num hospital clínico dos Estados Unidos; 55% deles morreram com os tubos de alimentação forçada ainda postos. Ricks conclui: "Nos Estados Unidos hoje é quase impossível morrer com dignidade, a menos que se trate de uma pessoa pobre". Lidar com a morte nunca foi fácil, mas pode-se dizer que agora estamos complicando ainda mais as coisas. Escondemos os cadáveres, as pessoas agonizam na frieza hospitalar, abandonamos os rituais. No entanto, às vezes algo tão tradicional como um velório, por exemplo, pode proporcionar alívio. Conta Marie no seu diário:

> Teu caixão *é fechado* depois de um último beijo e eu não te vejo mais. Não aceito que o cubram com aquele horroroso pano preto. Eu o cubro de flores e sento ao lado dele. Até o levarem, mal me afastei dele [...]. Estava sozinha com teu caixão e coloquei a cabeça nele, apoiando minha testa. E, apesar da imensa angústia que sentia, eu falava contigo. Disse que te amava e que sempre te amei com todo o meu coração. Disse que sabias disso e que eu te fizera a oferenda eterna da minha vida inteira; te prometi que jamais daria a nenhum outro o lugar que tiveras na minha vida e que tentaria viver como gostarias que eu o fizesse. E tive a impressão que daquele contato frio da minha testa com o caixão

vinha uma espécie de calma e a intuição de que encontraria novamente a coragem de viver.

Sim, é preciso fazer algo com a morte. É preciso fazer algo com os mortos. Depositar flores. Falar com eles. Dizer que você os ama e que sempre os amou. É melhor dizê-lo em vida, mas, se não, também pode ser depois. Gritar para o mundo. Escrever num livro como este. Pablo, que pena ter esquecido que você podia morrer, que eu podia te perder. Se tivesse essa consciência, eu teria te amado não mais, mas melhor. Teria dito a você muito mais vezes que te amava. Teria discutido menos por besteiras. Teria dado mais risadas. Teria até me esforçado em aprender o nome de todas as árvores e reconhecer cada folhinha. Pronto. Já fiz. Já disse. Realmente conforta.

Confortou Marie. Fez com que ela percebesse que voltaria a curtir a vida. E é verdade: você volta a curtir. Por outro lado, o luto é algo estranho. Principalmente, creio eu, os lutos extemporâneos, as mortes que ainda não deveriam ter acontecido. E é estranho porque, mesmo que o tempo passe, a dor da perda, nos momentos em que surge, continua parecendo igualmente intensa. É claro que você está cada vez melhor, muito melhor: a dor é disparada com menos frequência e você pode lembrar seu morto sem sofrer. Mas quando a tristeza surge, e você não sabe muito bem por que surge, é a mesma dilaceração, a mesma brasa. Pelo menos é assim comigo, e já se passaram três anos. Quem sabe com o tempo a mordida amenize, ou não. Isso é algo de que ninguém fala; talvez seja um daqueles segredos que todos guardamos, como a #fragilidademasculina. Talvez nós, viúvos, nos sintamos estranhos ou péssimos viúvos por continuarmos sentindo a mesma dor aguda depois de tanto tempo. Talvez tenhamos vergonha e pensemos que não soubemos nos "recuperar". Mas já vou dizendo que não existe recuperação: não é possível voltar a ser quem você era. Existe a reinvenção, e não é algo ruim. Com sorte, pode ser que consiga se reinventar melhor do que antes. Afinal de contas, agora você sabe mais.

Há alguns meses minha sogra faleceu, aos 91 anos. Por uma admirável #coincidência, foi no dia 3 de maio, justo na data em que seu filho havia morrido três anos antes. Meus cunhados me avisaram do seu estado terminal e eu fui até sua casa na noite anterior. Passei um tempo com eles, com Tomás, Pedro e María. Conversamos e rimos na sala enquanto minha sogra, María Jesús, morria no quarto — muito fraca, medicada, sem sofrer. A televisão estava ligada mas sem som; passavam imagens de não sei qual vitória do Real Madrid. Pensei: Pablo teria adorado (era torcedor desse time). Também lembrei, ou talvez apenas senti, tudo que havíamos vivido naquele cômodo no último quarto de século. Minha primeira visita àquela casa, quando conheci seus pais. As ceias de Natal. Olhei os objetos de decoração, as cerâmicas na prateleira. Todos aqueles cacarecos tinham uma história e significavam algo para María Jesús, e agora perderiam, também eles, seu lugar na Terra. Quando morremos, levamos junto um pedaço do mundo. Que imensa calma havia naquela noite de início de maio, tanta paz entre nós, entre Tomás, Pedro, María. A morte já estava no chão, já vagava pela casa, e todos nós estávamos instalados naquele tempo lento, preguiçoso, no doce tempo da espera do falecimento de alguém querido. Tudo já estava feito, tudo já estava dito, agora só faltava viver o tique-taque inaudível dos instantes finais, o bater de asas da borboleta. Às vezes a proximidade da morte nos preenche de uma estranha, quase visionária serenidade.

Deixe-me contar um dos momentos mais bonitos da minha vida. Como bom guerreiro estoico e reservado, Pablo temia que se compadecessem dele e preferiu se isolar. Ou seja, durante os dez meses da doença, nós dois estivemos praticamente sozinhos. Até que, nos dias finais, Pablo perdeu a consciência.

Então, quando a presença das pessoas já não podia incomodá-lo, nossos amigos irromperam em casa, entraram como a água de uma represa que se rompe, invadiram-na impelidos por toda a angústia que haviam sentido por terem sido mantidos distantes durante tanto tempo. E ocuparam nossa casa, acamparam na sala, dormiram nos sofás, se revezaram, prepararam comidas, agitaram remédios, foram ao mercado e à farmácia. E fizeram tudo isso para cuidar dele, para cuidar de mim, rodear-nos com seu carinho. E ficaram em casa e não foram embora até Pablo falecer, um exército de amigos em pé de guerra que conseguiu que aquela morte asquerosa também tivesse uma parte indescritivelmente bela.

A última vez que subimos uma montanha

Sou grande fã de biografias: são cartas de navegação da existência alertando-nos sobre os recifes e baixios que nos esperam. Li centenas delas, e existe algo que sempre se repete e eu acho bastante desolador. Ocorre que a fase da infância dos biografados costuma ocupar um espaço enorme, depois vêm a juventude e a maturidade que, naturalmente, abarcam muitas e muitas páginas. Mas chega um momento da narrativa das suas vidas em que, de repente, tudo parece se esvaziar, acelerar ou comprimir. Quero dizer que, a menos que morram jovens, quando chegam à velhice parece pouco interessante o que lhes acontece. Essa ausência de conteúdo é especialmente dramática se o personagem teve a sorte de viver muito. Então você pode ler uma daquelas biografias grossas e minuciosas, digamos, de umas seiscentas páginas, e pode ser que os trinta últimos anos da vida de uma mulher nonagenária acabem sendo condensados em menos de vinte páginas. Às vezes me pergunto se já não terei chegado àquele ponto em que a existência se transforma num tobogã vertiginoso. Se já não terei começado a cair às pressas naquele tempo esgarçado e aparentemente insosso em que os biógrafos não acham nada relevante para contar. Não me sinto assim, mas talvez sejamos os últimos a saber.

Sim, claro, naturalmente, já sei que há exceções. Há pessoas que, em idades muito avançadas, fazem coisas incríveis. Como uma das minhas heroínas preferidas, Minna Keal. Minna nasceu em Londres em 1909, filha de imigrantes judeus russos. Adorava música e começou a estudar na Royal Academy, mas seu pai morreu e ela teve de abandonar a carreira aos dezenove anos para começar a trabalhar. Em 1939, entrou para o Partido Comunista e em 1957 saiu, depois da invasão da Hungria; casou-se duas vezes, teve um filho. Durante a guerra, montou uma organização para tirar crianças judias da Alemanha. Na maior parte da vida, trabalhou como secretária em diversos e tediosos empregos administrativos; aos sessenta anos se aposentou e decidiu retomar as aulas de música e depois estudar composição. Sua primeira sinfonia estreou em 1989 nos BBC Proms, prestigiosos concertos anuais realizados no Albert Hall de Londres. Foi um sucesso estrondoso. Minna Keal tinha oitenta anos. A partir de então, e até sua morte, ocorrida uma década depois, Minna se dedicou intensamente à música e se tornou uma das mais notáveis compositoras contemporâneas da Europa. "Achei que estava chegando ao final da vida, mas agora sinto como se estivesse começando. É como se estivesse vivendo minha vida de trás para a frente", disse depois de estrear nos Proms.

Minna é uma senhorinha espetacular e dá vontade de viver só de olhar seu sorriso alegre e seus cabelos brancos bagunçados pelo vento. Mas é um caso absolutamente excepcional. Em geral, na maior parte das biografias há esse silêncio, esse vazio. Como se a pessoa se ausentasse da própria vida.

Marie Curie morreu ainda jovem (aos 66 anos) e se manteve ativa até o fim, portanto os biógrafos têm bastante coisa para dizer sobre ela. Mas, quer saber? O que contam não é muito empolgante, ou pelo menos não para mim, principalmente se comparado com o anterior, com a intensidade da sua vida formidável. Bem, minto: falta contar algo genial, que foi sua participação na Primeira Guerra Mundial, e que também revela a generosidade de Madame Curie. Realmente, essa mulher é tão grande em tudo, tão excepcional, que a gente corre o risco de cair na hagiografia e transformá-la numa falsa heroína. Ainda bem que encontrei aqui e ali algum detalhe mesquinho com que pudesse humanizá-la, pois não existe uma única vida sem sua parcela de sujeira, mesmo que seja em pequenas proporções.

Quanto à guerra, já se sabe que Marie Curie sempre foi uma pessoa socialmente comprometida. Lembre-se de que ela havia trabalhado para a resistência polonesa e que considerava suas descobertas científicas uma maneira de ajudar a humanidade. Além disso era uma mulher de ação, uma lutadora incansável, incapaz de ficar parada numa situação de necessidade. Com esse perfil, parece lógico que, quando o conflito bélico estourou, ela se sentisse impelida a ajudar de alguma forma. A primeira coisa que pensou foi que tinha de proteger a valiosíssima reserva de rádio da França para que não caísse nas mãos dos alemães. Assim, no dia 3 de setembro de 1914, levou sozinha o rádio de trem de Paris a Bordeaux, a cidade para onde o governo francês havia se mudado. A mala devia pesar uns vinte ou trinta quilos, porque os tubos com brometo de rádio estavam cobertos de chumbo. Pergunto-me como conseguiu carregá-la.

Essa proteção era de qualquer maneira muito deficiente, por isso Marie recebeu outra importante dose de radioatividade durante as 24 horas em que esteve com a maleta (dormiu com ela nos pés da cama). Deixou seu tesouro na Universidade de Bordeaux e voltou para Paris no primeiro trem. Tinha 47 anos e parecia terrivelmente envelhecida pela constante exposição ao rádio. E não se tratava só da sua aparência: estava fraca e se cansava com facilidade. Apesar disso, conseguiu fazer essa viagem tremenda entre multidões caóticas que escapavam da guerra e sem comer nada durante um dia e meio. Seu empenho sobre-humano conseguia realizar milagres.

Agora me pergunto como será que Marie encarava a doença, a decadência física, a rápida decrepitude do seu corpo. Ela, que havia sido aquela polonesa robusta e forte que aguentava tudo. Aquela mulher esportista, capaz de passar um mês pedalando pelas montanhas da França. Quando teria sido a última vez que montou numa bicicleta? Sei que, já viúva, continuava saindo de bicicleta com as filhas. No seu livro, Ève fala como Marie apreciava exercícios físicos, e diz que se orgulhava de ser magra e ágil. Já tinha cinquenta anos quando aprendeu a patinar, a esquiar e a nadar. Comprou uma casa na costa da Bretanha e os meses de verão que passou ali durante sua última década foram, segundo Ève, tempos felizes, com Marie nadando no mar de manhã e à tarde, apesar de todos os seus achaques e da sua quase cegueira (com a última das quatro cirurgias de catarata, parece que melhorou bastante). Acho que Madame Curie havia feito do exercício físico não só uma paixão, mas também uma obsessão e uma espécie de talismã contra a morte. Apenas dois meses antes de falecer, saiu para patinar e acompanhou sua filha a uma estação de esqui, embora duvido que ela própria esquiasse. Lutou feito uma leoa contra a degradação física, mas o corpo inevitavelmente nos trai, vamos perdendo nossas faculdades e, sem perceber, a vida nos empurra para o fim da linha. A última vez que subimos uma montanha. A última vez que mergulhamos. A última vez que jogamos uma partida de futebol com os amigos. Em geral, a gente não sabe que aquela será a última vez. É o tempo que se encarrega de nos despedir retrospectivamente das nossas possibilidades. A última vez que fazemos amor. Ufa. Aos 47 anos e naquele trem para Bordeaux com uma maleta radioativa, imagino que Marie Curie já havia se despedido para sempre do sexo. Uma perda que deve ter sido bastante dolorosa para ela.

Como é difícil a relação com nosso organismo. Somos nosso corpo, mas não podemos evitar a sensação de alteridade, de estranheza, de reféns da própria carne. Em certos casos patológicos, como contam os neurologistas Oliver Sacks ou Ramachandran nos seus livros fascinantes, as pessoas não são capazes de reconhecer seus braços, suas pernas, seu rosto, e chegam a se mutilar. Mas não é preciso estar doente para sentir esse distanciamento do físico: daí o ser humano ter inventado a alma. A ideia de que somos espíritos presos dentro de um invólucro carnal é tão poderosa, tão persuasiva, que você tende a pensar assim mesmo que não seja crente. São milênios de antagonismo entre o que entendemos por alma e esse suposto invólucro físico. Milênios de autocastigos e disciplinas, de cilícios e flagelações, de jejuns, bulimias e anorexias, de intervenções estéticas selvagens, dos pés deformados das chinesas às brutais cirurgias de Michael Jackson. E vou lhe dizer que entendo a atração de algumas dessas intervenções. Por exemplo, o prazer que as tatuagens causam: são viciantes. Tatuei uma salamandra num dos braços há doze anos e precisei me conter para não ir correndo no dia seguinte fazer outra. É que você experimenta uma sensação maravilhosa, um alívio e uma plenitude irracionais, como se com esse rabisco de tinta debaixo da pele pudéssemos derrotar o inimigo pelo menos uma vez, humilhar aquele corpo tirano que nos humilha, um corpo que não escolhemos e com o qual temos de lidar a vida toda, o corpo que nos adoece e que acaba nos matando, aquele maldito corpo traidor que de repente se torna capenga, e acabaram-se para sempre as montanhas; ou que faz crescer insidiosamente, no laborioso silêncio das células, um tumor maligno que vai te torturar antes de te assassinar; ou que escorrega e se quebra tão facilmente, feito uma melancia que estoura, quando um carro te atinge. Pelo menos, corpo miserável, eu te marquei com uma salamandra que é filha apenas da minha vontade, e você vai ter de aguentá-la até apodrecer.

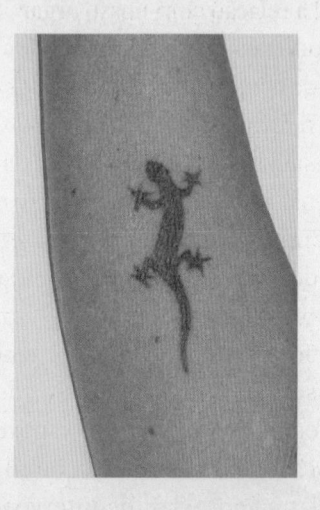

Quando voltou a Paris, Marie começou a ver os primeiros feridos, jovens soldados barbaramente mutilados nos hospitais de campanha, e sua mente poderosa, que era tão prática quanto genial, no mesmo instante compreendeu o papel decisivo que os raios X poderiam ter se conseguisse levá-los ao front, porque permitiriam examinar as fraturas e encontrar ou extrair os estilhaços, minimizando a violência cirúrgica. Em tempo recorde, Madame Curie convenceu as autoridades da importância do seu projeto, apropriou-se dos aparelhos de raio X que havia nas universidades e nos consultórios de médicos mobilizados, conseguiu que lhe cedessem veículos motorizados suficientes para instalar os equipamentos e criou as "unidades móveis", que logo começaram a ser chamadas popularmente de "pequenas Curie". Instruíram às pressas técnicos e enfermeiras que soubessem utilizar o material, e a própria Marie aprendeu a dirigir e esteve nas trincheiras levando veículos e fazendo radiografias. Mas quem mais trabalhou no projeto foi sua filha Irène, que no começo da guerra tinha dezessete anos e passou a contenda realizando um exaustivo e maravilhoso trabalho com as "pequenas Curie". De fato, foram provavelmente as tremendas doses de radioatividade que Irène recebeu nessa época que acabariam por matá-la de leucemia aos 59 anos. Ao todo, foram feitos mais de 1 milhão de exames de raio X: o plano foi um verdadeiro sucesso. Como consequência do engenhoso esforço de Marie, a França *perdoou* seu adultério. Não era mais a judia nem a estrangeira, agora era amada e respeitada novamente. Águas passadas. O vento abrasador da guerra levou muitas coisas.

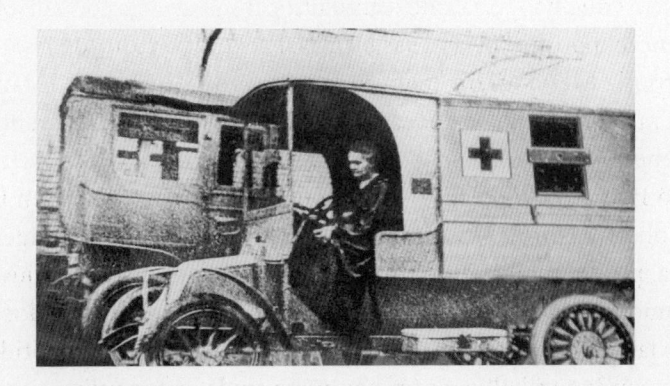

O compromisso humanista de Marie e Pierre já havia se manifestado muitos anos atrás, quando decidiram não patentear seu método de extração do rádio. Diz Marie nos seus escritos biográficos:

Pierre Curie adotou uma atitude extraordinariamente desinteressada e liberal. De comum acordo, renunciamos a qualquer vantagem material de nossa descoberta, por isso não patenteamos nada e publicamos, sem ressalvas, todos os resultados de nossas pesquisas, bem como o procedimento para preparar o rádio.

Acho engraçada a maneira como Madame Curie faz um pequeno rodeio para elogiar a si própria (se a atitude de Pierre era "extraordinariamente desinteressada e liberal" e ela estava de acordo, também era extraordinariamente desinteressada etc.), mas é preciso dizer que não apenas não patentearam seu método, como ainda ofereceram amostras grátis do seu valiosíssimo e caríssimo rádio a outros cientistas que estavam fazendo pesquisas na mesma área e que eram, afinal, seus concorrentes, como Rutherford. Sarah Dry afirma, admirada, que a decisão de não patentear era na época "tão incomum quanto seria hoje", mas Barbara Goldsmith não está tão certa disso; em primeiro lugar, ela diz que não teria sido muito útil patentear o método de obtenção, porque havia várias formas de extrair o rádio (de fato, a própria Marie foi diversificando seus procedimentos). E também aponta que, na época, existia entre os cientistas a crença generalizada de que não era digno lucrar com as descobertas. Röntgen, o *pai* dos raios X, doou o dinheiro do seu prêmio Nobel a instituições beneficentes e morreu quase na indigência, por exemplo. Contudo, é preciso dizer que Marie, já viúva, tomou outra decisão que me parece ainda mais generosa: doou ao laboratório o grama de rádio que ela e Pierre haviam obtido com árduo trabalho e sem nenhuma ajuda, e que valia a soma exorbitante de 1 milhão de francos-ouro.

Parece evidente que, se os Curie se importavam com dinheiro, era sobretudo para poder continuar pesquisando: Marie era tão austera e inimiga das pompas mundanas como uma freira missionária. E, no entanto, os Curie tiveram de negociar com o diabo, como todo mundo. Estabeleceram habilmente diversos acordos comerciais com a indústria, e alguns deles tiveram seu preço. Por exemplo, Pierre modificou os instrumentos que havia inventado e fez versões pioradas, menos precisas, porque assim eram mais fáceis de ser transportadas e vendidas. Por favor, sem escândalos fariseus: neste mundo complexo e contraditório, todos temos alguma mancha na consciência da qual nos sentimos um pouco envergonhados. Ou você nunca bajulou um chefe ou cliente importante? Nunca foi malvado com algum adversário no trabalho? Nunca aguentou uma humilhação no trabalho que não deveria ter suportado, e não porque precisasse desesperadamente do emprego, mas para crescer na empresa? Estou pensando nessa obra-prima do cinema que é *Se meu apartamento falasse*, de Billy Wilder, e em como o personagem protagonizado por Jack Lemmon empresta seu apê para os diretores da firma dormirem com suas amantes. É um pobre sujeito, um homem bom e #fraco, mas é o puxa-saco da empresa. Pierre Curie explicou esse dilema entre convicção e conformismo com sua lógica formidável e transparente:

> Precisamos ganhar a vida e isso nos obriga a nos transformar numa engrenagem da máquina. O mais doloroso são as concessões que nos vemos forçados a fazer aos preconceitos da sociedade em que vivemos. Devemos fazer mais ou menos concessões conforme nos sentimos mais fracos ou mais fortes. Se você não faz concessões suficientes, o oprimem; se faz em demasia, é ignóbil e menospreza a si próprio.

Impossível expressá-lo melhor. A vida mancha.

O que falta contar sobre a biografia de Marie é muito menos empolgante, e isso porque ela não parou. Viajou aos Estados Unidos e a vários outros países, entre eles a Espanha, deu conferências, participou dos sucessivos congressos Solvay, arrecadou grandes quantias de dinheiro para comprar mais rádio e dirigiu o recém-inaugurado Instituto Curie. Ali, ao lado de Marie, trabalhava Irène, a brilhante Irène, a obediente Irène, a sucessora de Pierre. A que nunca se maquiava nem se arrumava e que mais parecia um granadeiro, segundo Einstein. De repente Irène, que tinha 28 anos, disse que se casaria. Sua mãe quase teve um piripaque. O eleito era um estudante três anos mais novo, Frédéric Joliot, bonito e sedutor. Marie suspeitava que Frédéric só queria se aproveitar, o que sugere que não pensava grande coisa dos encantos da filha (essa é uma daquelas pequenas maldades que humanizam Madame Curie). Ela tentou convencer Irène a não se casar e até consultou um advogado para arranjar as coisas de tal maneira que sua filha fosse a única a poder herdar o controle do rádio. Felizmente, Joliot se saiu bem. Formou-se bacharel, depois fez doutorado e se mostrou um excelente cientista, o que acabou conquistando Marie. Por sinal, Irène e Frédéric tiveram uma filha, Hélène, que se casou com um neto de Langevin: que #coincidência.

Marie não viveu para assistir a esse casamento, naturalmente. Tampouco para ver o Nobel de química que Irène e Frédéric conquistaram em 1935 por descobrirem a radioatividade artificial, embora deva ter imaginado que ganhariam, porque meses antes de morrer, a filha e o genro repetiram diante dela o experimento através do qual tinham acabado de fazer a descoberta, e Marie sabia muito bem o que aquilo significava. "Nunca poderei esquecer sua expressão de intensa alegria", escreveu Joliot anos depois. Àquela altura, Madame Curie estava fisicamente devastada. Uma foto de 1931, aos 64 anos de idade, a mostra como uma velhinha enrugada. Esse corpo traidor. Mas, também, esse pobre corpo maltratado e submetido a uma radioatividade brutal durante tantos anos. Afinal, quem acaba sendo refém de quem?

Em maio de 1934, sua saúde precária entrou em queda. Os médicos hesitavam: será gripe, bronquite? Mandaram-na para um hospital de tuberculosos porque pensaram que tinha atingido um pulmão. Morreu no dia 4 de julho, e este foi o diagnóstico final: "Anemia aplástica perniciosa com rápida evolução febril. A medula óssea não reagiu, provavelmente porque fora prejudicada por um longo acúmulo de radiações". No fim, o esplendoroso rádio foi acusado num documento oficial de ser o assassino de Madame Curie. E tudo acabou, simples assim. Exceto nas óperas e nos melodramas, a morte é um anticlímax.

Escondido no centro do silêncio

Tenho o costume de dar o manuscrito dos meus livros a uns poucos amigos para que o leiam e critiquem, assim posso levar em conta suas opiniões antes da última revisão do texto. É um exercício bastante recomendável: você fica tão absolutamente imerso na obra que está escrevendo que precisa desses olhares de fora para poder ganhar certa perspectiva. Um desses amigos, o escritor Alejandro Gándara, me disse: "No livro estão Marie e Pierre, e do outro lado está você. Mas Pablo não está. Há um desequilíbrio".

Bem, acho que entendo a que se refere e suponho que ele tem razão. Mas é sempre tão difícil escrever abertamente sobre o mais íntimo. Pelo menos para mim. Não gosto da narrativa autobiográfica, quer dizer, não gosto de praticá-la. Ler é outra coisa: há grandes autores que, partindo da sua própria vida, são capazes de criar obras-primas, como Proust e seu *Em busca do tempo perdido* ou Conrad em *Coração das trevas*. Mas eu sempre precisei recorrer à imaginação para poder expressar minhas alegrias e tristezas. Personagens de ficção são marionetes do inconsciente.

A conexão entre realidade biográfica e ficção é um território ambíguo e pantanoso onde inúmeros autores se meteram. Para mencionar um, Truman Capote, que, pretendendo se tornar o Marcel Proust americano, publicou numa revista os três primeiros capítulos da sua suposta grande obra, *Súplicas atendidas*, fazendo com que todas as suas amigas da alta sociedade rompessem com ele, pois se viram retratadas e traídas a tal ponto que uma delas, Anne Woodward, suicidou-se. O fato é que Capote se tornou um viciado, nunca terminou *Súplicas atendidas* e se entregou desenfreadamente ao álcool e às drogas, um estilo de vida que o levou à morte da noite para o dia. Ou seja, não saber equilibrar direito ficção e realidade pode ter consequências devastadoras.

Não é fácil saber quando parar, até onde é lícito contar e até onde não, como lidar com a substância sempre radioativa do real. Parece-me evidente que não existe boa ficção que não aspire à universalidade, a tentar entender o que é o ser humano. Quer dizer: o escritor que escreve para contar sua vida, comprazer-se com ela, autopromover-se ou se vingar, sem dúvida nenhuma produzirá um texto abominável. A questão, afinal, é a distância: poder analisar a própria vida como se estivesse falando da vida de outro. E mesmo assim, como é complicado! Confesso que cortei dois parágrafos que havia incluído na primeira versão deste livro, dois trechos que contavam algo sobre Pablo. Ou seja, eu me censurei. É um conflito insolúvel; por um lado, aquelas duas cenas falavam dos outros. Da dor de todos. De algum modo, o narrador é como um médium: suas palavras são a expressão de muitos. Ao escrever, você sente esse compromisso, essa pulsão de falar pelos outros e com os outros: aquelas duas cenas que cortei não eram só minhas. Mas, por outro lado, eram *principalmente* minhas e de Pablo, e não pude quebrar essa casca de perfeita e silenciosa intimidade entre mim e ele. Já lhe falei que pretendo ser livre, completamente livre ao escrever; quero voar, quero alcançar a leveza perfeita. Mas existem amarras pessoais profundas das quais não desejo ou não sei como me desprender. Sou um balão de ar quente balançando a poucos palmos do chão com o cesto ainda preso à terra por uma corda.

Diz meu amigo que Pablo não está neste livro, e eu acho impossível que esteja mais. Como falar dele com naturalidade, com liberdade? O que pode ser contado para revivê-lo? Pablo era um menino. Pablo era um homem. Um menino dentro de um homem. Tinha uma inteligência formidável e muito original: continuava me surpreendendo depois de duas décadas de convivência. Era cabeça-dura, resmungão, sedutor, honesto. Escrevia muito bem e era um jornalista estupendo. Além de elegante, atlético e meticuloso. E gostava tanto de silêncio quanto de discussões. Eu teria muitas outras palavras para dizer sobre ele, mas elas não nos levariam a lugar algum: é impossível defini-lo. Lembro-me dele lendo atentamente todos os dias até a última notícia dos jornais. E sendo do contra num jantar entre amigos pelo puro prazer de discutir. Lembro-me dele levando para a rua, num papelão, caracóis coletados do nosso minúsculo quintal, porque não tinha coragem de matá-los (costumava bancar o durão mas era bonzinho assim). Lembro-me dele feliz, passeando pelos montes. Enfim, releio este último parágrafo e acho que a coisa mais sensata que disse foi "lembro-me dele". Essa sim é a mais pura verdade. Pablo está todo dentro da minha cabeça.

Mas a literatura, a arte em geral, não consegue alcançar esse território íntimo. A literatura se dedica a dar voltas em torno do buraco: com sorte e talento, talvez consiga espiar seu interior com olhos rutilantes. Esse raio ilumina as trevas, mas de forma tão breve que se tem apenas uma intuição, não uma visão. Além disso, quanto mais você se aproxima do essencial, menos pode nomeá-lo. O tutano dos livros está na esquina das palavras. O mais importante dos bons romances reside nas elipses, no ar que circula entre os personagens, nas frases menores. Por isso, acho que não posso dizer mais nada sobre Pablo: seu lugar está no centro do silêncio.

O canto de uma menina

Então a vida sempre acaba mal? Segundo uma tradição cigana, se você for a uma comemoração social, a um casamento, a um batizado, não deve desejar felicidades, como de costume, e sim um "mau começo". Porque, com sabedoria milenar forjada por condições de vida difíceis, eles sabem que na vida a desgraça é inevitável, de modo que preferem desejar que a parcela de dor venha primeiro, para que assim o final seja venturoso.

Mas a vida não tem outro final possível senão a morte e, antes, se você tiver muita sorte, a velhice. Os filmes de Hollywood não costumam acabar assim, isso deixa as pessoas deprimidas. Meu romance *História do rei transparente* termina com a morte do personagem principal. Para mim é uma morte estupenda, uma morte feliz. Ele viveu uma grande vida e escolhe a maneira de partir. Considero um romance bastante otimista, e escrevê-lo amenizou o medo do meu próprio fim. E há leitores que também o veem dessa forma, mas outros dizem que não me perdoam por matar o protagonista. Ora, por favor, todos os protagonistas morrem, só que fora das páginas dos livros!

Acho que nossa percepção linear do tempo piora tudo. Einstein já disse há muito que o tempo e o espaço eram curvos, mas nós continuamos vivendo os minutos como uma sequência (e uma consequência) inexorável. No seu singular e comovente livro *A Fortunate Man* [Um homem de sorte], publicado em 1966, John Berger acompanha John Sassall, um médico rural amigo, nas suas visitas aos pacientes, e traça um retrato reflexivo do doutor, concluindo que, efetivamente, sua vida pode ser considerada plena:

> Sassall é um homem que está fazendo o que quer fazer. Ou, para ser mais exato, um homem que sabe o que busca. Às vezes essa busca envolve tensão e empecilhos, mas constitui sua única fonte de satisfação. Assim como os artistas ou qualquer um que acredite que seu trabalho é a razão de sua vida, para os padrões miseráveis de nossa sociedade, Sassall é um homem de sorte.

É difícil não pensar que Berger, quando escreve isso, fale de si mesmo, ou *também* de si mesmo; por isso deve lhe ter sido ainda mais desolador o que aconteceu mais tarde. E o fato é que, quinze anos depois de lançar esse livro, John Sassall se suicidou. O próprio Berger conta isso num breve pós-escrito incluído em 1999. E acrescenta: "John, o homem que tanto amei, se suicidou. E, com efeito, sua morte mudou a história de sua vida. Deixou-a mais misteriosa. Mas não mais obscura. Não é menos luminosa agora: simplesmente seu mistério é mais violento". Concordo: por que o suicídio teria de sujar todo o seu passado? Mas tendemos a ver as coisas assim: se alguém se suicida, é como se toda a sua vida fosse uma tragédia. Se alguém tem uma velhice solitária, precária e infeliz, é como se as trevas impregnassem toda a sua existência. Mas não é assim. O que se viveu, viveu. Antes de chegar o inverno, a cigarra gozou de uma vida fantástica, enquanto a existência da formiga sempre foi bastante tediosa. Além do mais, o tempo de vida dos insetos é de qualquer maneira muito breve, então um viva à cigarra! Pelo menos ela teria lembranças alegres, uma história bonita para contar a si mesma.

A #felicidade. Esse bem esquivo e indefinível. Outra coisa que me inquieta na leitura das biografias é o maldito costume que os biógrafos têm de dizer coisas como "aquele foi o ano mais feliz da sua vida", ou "provavelmente nunca foi tão feliz como naquela época". Uma coisa abominável: então, podemos estar vivendo o melhor momento das nossas vidas e não perceber? Estaremos desperdiçando a #felicidade? É famosa a frase de John Lennon: a vida é aquilo que acontece enquanto estamos ocupados com outra coisa. E é verdade que perdemos tempo nos preocupando com trivialidades, que nos perturbamos e teimamos estupidamente, que tendemos a pensar que a verdadeira vida está por vir.

Saber ser #feliz é uma Ciência complicada. Há quem nunca consiga apreendê-la. Marie Curie soube ser feliz? Provavelmente sim. Ou, pelo menos, esteve bem perto de sê-lo. Nos seus escritos biográficos, fala da época em que ela e Pierre trabalhavam febrilmente no galpão que servia de laboratório:

> Naquele hangar miserável passamos os anos mais felizes de nossa vida, dedicados completamente ao trabalho. Amiúde precisava improvisar uma comida naquele laboratório para não interromper algum procedimento [...]. Imersa na quietude da atmosfera de pesquisa, eu sentia um júbilo infinito, e me empolgava com os progressos que permitiam ter esperanças de conseguir resultados ainda melhores [...]. Lembro da felicidade dos momentos dedicados a discutir um trabalho enquanto percorríamos o hangar de um extremo a outro. Um de nossos grandes deleites era acudir ao laboratório à noite; em todos os cantos resplandeciam as tênues silhuetas iluminadas dos tubos e das cápsulas que continham nossos produtos. Era uma visão muito bonita, que nunca deixava de nos admirar. Os tubos brilhantes pareciam pálidas luzes feéricas.

Devia sentir-se num mundo mágico, realmente; aquela menina pobre e órfã procedente de um povo subjugado, uma simples mulher num mundo de homens, uma moça humilhada pelos ricos (Casimir), que esteve muito perto de não poder sequer estudar, era agora uma cientista que descobria o fogo flamejante da vida na companhia de um homem adorável que a amava e respeitava. Magia pura. Quando algo lhe custou muito, você aprende a apreciá-lo.

Marie diz no seu diário, contando dos dias de férias passados em Saint-Rèmy:

> De manhã sentaste no prado no caminho da vila [...]. Irène corria atrás das borboletas com uma redinha tão frágil e tu achavas que ela não caçaria nenhuma. No entanto, pegou uma para tua enorme alegria, e eu a convenci a deixá-la em liberdade. Sentei-me junto de ti, deitando atravessada sobre teu corpo. Estávamos bem, eu temia com uma pontadinha no coração sentir-te cansado, mas no entanto te percebia feliz. E eu mesma tinha essa sensação, que havia experimentado amiúde nos últimos tempos, de que nada mais nos abalava. Eu me sentia calma e cheia de uma doce ternura pelo excelente companheiro que estava ali comigo, sentia que minha vida te pertencia, meu coração transbordava de carinho por ti, meu Pierre, e me fazia feliz sentir que ali, ao teu lado, sob aquele sol lindo e diante daquela vista sublime do vale, não havia nada que me faltasse. Isso me dava forças e fé no porvir, sem saber que já não haveria porvir algum para mim.

Que frase imensa, redonda, invejável: "Senti que não havia nada que me faltasse". Teria Marie realmente alcançado essa sabedoria, ou seria um adorno da memória? A insatisfação dos humanos, esse querer sempre algo mais, algo melhor, diferente, é a origem de incontáveis desgraças. Além de tudo, a #felicidade é minimalista. Simples e crua. Um quase nada que é tudo. Como aquele dia dos Curie no campo, sob o sol, diante do vale.

Hoje de manhã levei as cachorras para passear e dei de cara com uma figueira. Ou melhor, esta manhã me dei conta de que a árvore pela qual passo todos os dias é uma figueira, e se reparei foi porque estava carregada de frutas que começavam a cair (o verão agoniza), e não devido à minha perspicácia botânica (desculpe, Pablo). Meu marido amava figueiras. Anos atrás, no início da nossa relação, fomos à casa que seus pais tinham numa cidadezinha serrana na província de Ávila. Pablo havia passado ali os lentos, formidáveis verões da infância, e foi me mostrando a paisagem da sua meninez: o caminho para o rio, o bosque, o lago onde se banhava. No começo da trilha, saindo da vila, há uma figueira. Naquela primeira vez, ele a mostrou para mim e contou sua história: no final de agosto, enquanto as frutas estavam quase maduras, uma menina sentava-se debaixo dos galhos e passava as horas cantando para espantar os pássaros e evitar que bicassem os figos. A cena deve ter maravilhado Pablo: contou-a para mim naquele dia e em muitos outros, sempre que íamos à vila, com aquela contumácia com que os casais antigos repetem as pequenas coisas pelas quais têm obsessão. Posso entender muito bem por que aquilo o fascinava. Imagino Pablo com dez anos, tão lindo como naquela foto da represa com seus primos, de calça curta, os joelhos arranhados, a caminho do lago. Eu o vejo no fim poeirento do verão tórrido, já perto de voltar a Madri, à tristeza do inverno e ao colégio. Mas as férias ainda não acabaram, ainda é livre e um pouco selvagem, ainda lhe restam vários dias para passar junto da figueira e da menina que canta debaixo da figueira, e nessa idade cada dia é uma eternidade. Como aquela menina cantando devia surpreender um menino da capital. Aquela promessa de figos maduros e adocicados. Aquele vislumbre de vida.

Quando Pablo me contou a cena pela primeira vez, nós dois tínhamos 37 anos. Ninguém mais colhia frutas da árvore e os pássaros se empanturravam à vontade. Mas os pinheirais continuavam ali, e o monte, e a trilha queimada, e o calor do verão. Traste e Bicho, nossos cachorros da época, falecidos há muito tempo, olhavam com expectativa: queriam entrar no bosque próximo e umbroso. Lembro-me do peso do ar sufocante, do zumbido das varejeiras, de como era dourada a luz do sol, que estava muito baixo, do cheiro verde-escuro da figueira. Lembro-me da simples, embriagante #felicidade. E do futuro se estendendo adiante num horizonte inesgotável. Estávamos começando nossa relação, e no ápice da paixão você é imortal.

Tudo isso me veio à mente horas atrás, quando vi a figueira explodindo de frutas, na plenitude cansada deste verão que termina. Breve é nosso dia e imensa é a noite. Às vezes eu me pergunto em que pensamos antes de morrer, que lembranças escolhemos como resumo para nos narrar. E tenho quase certeza de que aquela menina cantando foi uma cena luminosa e crucial na imaginação de Pablo, na sua representação da existência. Herdei dele essa lembrança fundadora e lhe agradeço por isso.

E em que pensaria Madame Curie? Qual seria seu balanço final? Sánchez Ron conclui seu livro falando maravilhas da cientista e destacando os sérios problemas que teve de enfrentar. E diz: "À luz de tal biografia e imagem pública, não deveria surpreender ninguém que também fosse possível identificar em Marie Curie traços de enorme rigidez, nem que sua figura transmita, com uma tenacidade quase insuportável, uma profunda tristeza e seriedade". Ele tem razão, embora eu ache que ela dirigia aquela enorme rigidez principalmente contra si própria. Mas o mais inquietante, de fato, são suas fotos. Sempre tão séria. Tão triste. Ou talvez não? Seu semblante permanentemente austero não seria uma máscara de defesa que já havia petrificado depois de tantos anos? Aquele cenho ameaçador, próprio de uma mulher que teve de derrubar tantas paredes a cabeçadas, não teria acabado se transformando num esgar, num trejeito? Sem falar na fadiga constante do seu corpo debilitado pela radiação. Deve ser difícil sorrir quando se está sempre tão cansada.

Mas não esqueçamos a mensagem de Natal que escreveu à sua filha Irène e a Frédèric em dezembro de 1928. Já citei uma parte, agora transcrevo mais algumas linhas:

> Desejo-lhes um ano de saúde, satisfações e bom trabalho, um ano em que sintam prazer de viver todos os dias, sem esperar que os dias tenham de passar para encontrar satisfação e sem a necessidade de depositar expectativas de felicidade nos dias vindouros. Quanto mais se envelhece, mais se sente que saber gozar o presente é um dom precioso, comparável a um estado de graça.

Parece a carta de alguém amargurado? Muito pelo contrário: acho que, depois de uma vida batalhadora e tão difícil, de uma ambição intensa e de uma responsabilidade avassaladora, Manya Skłodowska finalmente soube encontrar a #leveza.

Quem dera perder peso como ela e voar. Flutuar rarefeita no tempo, que é uma maneira de tocar a eternidade. Viver na graça suprema do aqui e agora. Sempre me fascinou o conto magistral de Nathaniel Hawthorne, "Wakefield", em que um nobre cavaleiro do século XIX sai de casa para uma tarefa breve e nunca mais volta, ou pelo menos não em muitos anos. E aqui vem o mais chocante e genial: ele aluga um quarto bem perto da sua casa, na mesma rua, e durante seu longo desaparecimento, dedica-se a contemplar o sofrimento da mulher, a perplexidade daqueles que o conhecem, o buraco deixado pela sua ausência. E agora me diga: nunca sentiu a insidiosa tentação de deixar de ser quem você é? De libertar-se de si mesmo? Só que não é preciso ser tão drástico e tão louco quanto Wakefield: basta ir soltando o lastro. Ir se despindo das camadas supérfluas. Abaixo a ditadura de #fazeroquesedeve. Adeus à #ambição escravizadora e à #insegurança torturante (estas duas são irmãs). Chega de #culpa e da ordem cega de #honrarospais.

No fim das contas, na realidade, tudo é uma questão de narração. De como contamos nossa própria história. Aprender a viver passa pela #palavra. Lembre-se dos resultados assustadores daquele estudo segundo o qual os separados e divorciados estão mais deprimidos do que os viúvos. O que falta aos primeiros? Certamente não a pessoa amada, mas uma narrativa convincente e redonda. Um relato consolador que lhes dê sentido. Todo ser humano é um romancista e, por conseguinte, eu sou uma redundância, pois ainda por cima me dedico à escrita. Escrevo romances cujas peripécias não têm nada a ver comigo, mas que representam fielmente meus fantasmas. E agora que com este livro tentei dizer sempre a verdade, talvez tenha feito, na realidade, muito mais ficção. Porque, como diz Iona Heath, "encontrar sentido no relato de uma vida é um ato de criação".

Sempre pensei, e certa vez escrevi, que a velhice é uma idade heroica. Não sou a única que a vê assim. Segundo um famoso ditado estadunidense, "envelhecer não é para fracotes" (*growing old is not for sissies*: o original é bastante homofóbico, porque *sissy* seria algo como "maricas"). No entanto, agora começo a suspeitar que talvez com a idade possamos aprender a nos escrever melhor: afinal de contas o romance é um gênero maduro. E penso que, se você tem dinheiro bastante para pagar as necessidades básicas, e saúde suficiente para ser autônomo, envelhecer pode libertá-lo de si mesmo, como Wakefield. Segundo vários estudos realizados nos últimos anos sobre amostras imensas de centenas de milhares de pessoas originárias de oitenta países, a #felicidade desenha uma curva estável e firme em forma de U ao longo da vida. Ou seja, homens e mulheres de todas as sociedades dizem se sentir mais felizes na juventude e na velhice, ao passo que o momento mais difícil da existência está entre os quarenta e os cinquenta anos.

Estou falando de atingir a maestria na narração, de realmente conquistar a #leveza. Quem sabe todos aqueles biógrafos que não prestaram nenhuma atenção nos últimos anos dos seus personagens não souberam ver aquilo que olhavam. Na #leveza, a vida flutua cintilante e sutil, transparente e quase imperceptível como uma bolha de sabão ao sol. Talvez nós, humanos, estejamos comumente acostumados a reparar apenas nos grandes feitos, nos atos relevantes, na solenidade e no afã. Em coisas tão óbvias e estridentes como a descoberta da radioatividade e da penicilina, a chegada à Lua ou a ascensão e queda dos impérios — que obviamente são acontecimentos memoráveis e é natural que chamem a nossa atenção. Ora, isso não é tudo. Mas imagino que seja preciso viver muito, e aprender com a experiência, para compreender que não há nada tão importante nem tão esplêndido como o canto de uma menina debaixo de uma figueira.

Agradecimentos

Algumas palavras finais

Todas as informações sobre Marie e Pierre Curie que aparecem neste livro estão documentadas, não há uma única invenção sobre os fatos. No entanto, me permiti viajar nas interpretações, pois utilizei a grande Madame Curie como um paradigma, um arquétipo de referência através do qual pude refletir sobre os temas que ultimamente insistem em rondar minha cabeça. Um exemplo dessas viagens: o pai de Marie era tão ranzinza como insinuo? Acredito que sim, mas o leitor tem as mesmas informações que eu e pode decidir se concorda ou não com o que digo. De qualquer modo, ele representa todos aqueles pais ranzinzas que sem dúvida existem.

Estes são os textos nos quais me baseei para contar a vida de Marie: o primeiro, comovente e francamente bom, escrito pela sua filha caçula, Ève Curie: *Madame Curie* (Nova York: Doubleday, Doran and Company, 1937), é um livro antigo e em inglês; infelizmente a obra está fora de catálogo. *Marie Curie, genio obsesivo*, magnífica biografia de Barbara Goldsmith (Barcelona: Antoni Bosch, 2005). *Curie*, de Sarah Dry, também bastante notável e com uma vertente mais científica (Madri: Tutor, 2006). *Marie Curie y su tiempo*, de José Manuel Sánchez Ron, que é mais um livro excelente de Ciência do que uma biografia (Barcelona: Drakontos bolsillo, 2009). *Skłodowska Curie: Una polaca en París*, o mais recente e breve, com muitas fotos, de Belén Yuste e Sonnia L. Rivas-Caballero (Madri: Edicel, 2011). *Escritos autobiográficos*, de Marie Curie — volume interessantíssimo e fascinante que reúne os numerosos escritos não científicos de Madame Curie (Barcelona: Edicións UAB, 2011). Também há muito material sobre os Curie na internet. Achei especialmente útil a biografia de Marie feita pelo American Institute of Physics, disponível em: <http://www.aip.org/history/curie/ >.

Quero agradecer ao meu amigo e excelente escritor Alejandro Gándara, que me recomendou estes três livros formidáveis citados no meu texto: *A Fortunate Man* [Um homem de sorte], de John Berger; *Matters of Life and Death* [Questões de vida e morte], da dra. Iona Heath, e *The Undertaking: Life Studies from Dismal Trade* [O empreendimento: Vidas em um ramo lúgubre], de Thomas Lynch. Por último, minha gratidão também aos formidáveis físicos Juan Manuel R. Parrondo e Raúl Sánchez, que fizeram a gentileza de ler o rascunho para ver se continha algum absurdo científico.

Índice de *hashtags*

#ambição, 44, 47-8, 114, 181
#coincidências, 14, 69-70, 84, 123-4, 127, 141, 157, 168
#culpadamulher, #culpa, #culpabilidade, 73, 87, 99, 101, 116-7, 182
#esquisitos, 76, 84
#fazeroquesedeve, 26-7, 78, 83, 88, 100, 133, 181
#felicidade, #feliz, 176-8, 180, 182
#fraco, 167
#fragilidadedoshomens, #frágil, #frágeis, 139-41, 143-4, 152, 156
#honraropai, #honraramãe, #honrarospais, 36-7, 49,
61, 67, 83, 96, 100, 129, 182
#infância, 61
#independência, 78
#insegurança, 182
#intimidade, 62-4
#leveza, 17, 100, 102, 123, 181, 183
#lugardamulher, #lugar, #lugardohomem, 17, 37, 39, 49-53, 116, 132
#mutante, 20, 37, 48
#palavra, #palavras, 17, 21-2, 28, 75, 105, 127, 182

Apêndice

Diário de Marie Curie

30 de abril de 1906
Querido Pierre, que nunca mais verei, quero falar-te no silêncio deste laboratório, onde eu não imaginava ter de viver sem ti. E quero começar me lembrando dos últimos dias que vivemos juntos.

Parti para St. Rémy[1] na sexta-feira antes da Páscoa, era o dia 13 de abril, achei que faria bem a Irène[2] e pensei que ali seria mais fácil cuidar de Ève[3] sem a babá. Passaste a manhã em casa, segundo me lembro, e te fiz prometer que nos encontrarias no sábado à tarde. Saíste para o laboratório na hora em que íamos para a estação, e eu te repreendi por não teres te despedido de mim. No dia seguinte, eu te esperava em St. Rémy sem ter certeza de que virias. Mandei Irène ao teu encontro de bicicleta. Vocês dois chegaram, Irène aos prantos porque tinha caído e machucado o joelho. Pobre criança, seu joelho está quase bom, mas seu pai, que cuidou dele, já não está mais conosco. Eu estava feliz por meu Pierre estar ali. Ele aquecia as mãos diante da lareira que eu acendera na sala de jantar e ria ao ver que Ève aproximava, como ele, as mãos do fogo, esfregando-as em seguida. Para comer, fiz o creme de que gostavas. Dormimos em nosso quarto com Ève. Tu disseste que preferia

---

[1] Na primavera ou no verão, Pierre e Marie Curie costumavam passar alguns dias em Saint-Rémy-lès-Chevreuse. [2] Filha mais velha dos Curie, Irène tinha então oito anos e meio. [3] Ève, caçula de Pierre e Marie Curie, nasceu em 6 de dezembro de 1904.

aquela cama à de Paris. Dormíamos enroscados um no outro, como de costume, e eu te dei um lencinho de Ève para cobrires a cabeça. Ève estava ao nosso lado, em seu cestinho. Eu a ninei quando acordou durante a noite e não deixei que te levantasses, como querias. O dia amanheceu bonito, tu te levantaste e saíste logo para o campo. Depois fomos todos buscar leite na fazenda de baixo. Rias ao ver Ève se metendo por todos os sulcos do caminho e subindo nas partes pedregosas da estrada. Oh! Como é difícil lembrar, os detalhes me escapam. Ficamos muito surpresos de ver os tojos em flor. Depois, elevaste o selim de Irène e, após o almoço, nós três fomos de bicicleta ao vale de Port-Royal. O tempo estava delicioso. Paramos diante do lago que fica na ravina por onde a estrada passa do outro lado do vale. Mostraste a Irène algumas plantas e animais, e lamentamos não conhecê-los melhor. Então passamos por Milon-la-Chapelle e paramos no prado que há ali. Procuramos flores e ficamos observando algumas delas com Irène. Também colhemos ramos de frutos silvestres e fizemos um grande buquê com os gordos ranúnculos de que gostavas tanto. Levaste esse buquê para Paris no dia seguinte, e ele ainda estava vivo quando tu morreste. Na volta, paramos junto aos troncos de árvore e ensinaste Irène a caminhar sobre eles, com os pés bem abertos. Depois voltamos para casa, pensavas em ir embora, estavas cansado, eu te retive, hesitavas a respeito de ir almoçar na Rue des Martyrs no dia seguinte, mas preferiste ficar conosco. A noite foi um tanto agitada porque Ève chorou um pouco, mas não te zangaste. No dia seguinte, estavas cansado; o tempo estava divino. De manhã sentaste no prado no caminho da vila [...]. Irène corria atrás das borboletas com uma redinha tão frágil e tu achavas que ela não caçaria nenhuma. No entanto, pegou uma para tua enorme alegria, e eu a convenci a deixá-la em liberdade. Sentei-me junto de ti, deitando atravessada sobre teu corpo. Estávamos bem, eu temia com uma pontadinha no coração sentir-te cansado, mas no entanto te percebia feliz. E eu mesma tinha essa sensação, que havia experimentado amiúde nos últimos tempos, de que nada mais nos abalava. Eu me sentia calma e cheia de uma doce ternura pelo excelente companheiro que estava ali comigo, sentia que minha vida te pertencia, meu coração transbordava de carinho por ti, meu Pierre, e me fazia feliz sentir que ali, ao teu lado, sob aquele sol lindo e diante daquela vista sublime do vale, não havia nada que me faltasse. Isso me dava forças e fé no porvir, sem saber que já não haveria porvir algum para mim.

Irène estava com calor. Tirei a malha com que ela andava de bicicleta em pleno prado, e ela foi correndo para casa com sua calça de tricô azul, os braços e o pescoço nus, para pegar sua jaqueta impermeável. Nós a contemplávamos maravilhados, sua graça e beleza nos faziam felizes.

Deixei uma coberta grossa do lado de fora da casa para que descansasses, pois precisávamos ir à fazenda de cima. Porém, quiseste vir conosco; eu tinha um pouco de medo de que te cansasses, mas ainda assim fiquei contente pois tinha pena de te deixar ali. Fomos bem devagar. Prestavas atenção que Irène andasse com os pés abertos. Lá no alto, mandamos Irène e Emma à fazenda, e seguimos pela direita, tu e eu, com Ève, em busca dos lagos com nenúfares dos quais nos lembrávamos. Os charcos estavam meio secos e não havia nenúfares, mas os tojos floresciam: nós os contemplamos admirados. Levávamos Ève no colo, primeiro um, depois o outro — principalmente eu. Sentamos junto a uma gérbera e eu tirei minha anágua para que não te sentasses diretamente no chão. Tu me trataste como se eu estivesse louca e me repreendeste, mas eu não me importava, tinha medo de que pegasses algo. Ève nos divertia com suas gracinhas. Por fim, Emma e Irène vieram ao nosso encontro. Ao longe se via a jaqueta de Irène; estava ficando tarde. Descemos pelo caminho que atravessa o bosque, onde encontramos lindas vincas e violetas.

Assim que chegaste à casa, quiseste partir. Eu senti muito, mas não pude me opor, precisavas ir, fiz teu jantar rapidamente e te foste.

Fiquei um dia a mais em St. Rémy e não voltei até quarta-feira, no trem das 14h20, sob um mau tempo, frio e chuvoso. Queria proporcionar às meninas mais um dia no campo; como pude estar tão equivocada? Foi um dia a menos que vivi contigo. Fui te buscar na quarta-feira à noite no laboratório. Entrei pela porta pequena e te vi pela janela, com teu jaleco e teu gorro na sala grande do pavilhão, detrás do barômetro. Assim que entrei, me disseste que havias pensado que, com aquele mau tempo, eu não lamentaria ter partido de St. Rémy. Respondi que de fato era verdade, que eu quisera ficar um pouco mais por causa das meninas. Foste buscar o sobretudo e o chapéu na sala onde trabalho, e eu te aguardei perto do barômetro. Voltaste e nos dirigimos à casa de Foyot. No caminho, falamos dos compromissos, estávamos um pouco contrariados antecipando os aborrecimentos, e eu me perguntava se não teria sido melhor não ir ao jantar. Era a última vez que eu jantaria contigo. Entramos, fiquei conversando com Mme. Rubens e só voltei a me juntar a ti quando sentamos à mesa. Estávamos num dos cantos dela, Henri Poincaré entre nós. Eu conversava com ele sobre a necessidade de substituir a educação literária por um ensino mais próximo da natureza, e lhe falei do artigo de que tínhamos gostado, meu Pierre (não foi em St. Rémy que o lemos?). Depois, um pouco incomodada por ter falado tanto, tentei ceder-te a palavra, obedecendo a essa sensação que sempre tive de que o que poderias dizer seria mais interessante do que o que eu mesma diria (em todas as circunstâncias de nossa vida, sempre tive essa confiança inabalável em ti, em teu valor). A conversa então havia se desviado para Eusapia[4] e os fenômenos que ela produzia. Poincaré fazia objeções com seu sorriso cético, mas curioso por novidades; tu defendias a realidade dos fenômenos. Eu observava teu rosto enquanto falavas e, mais uma vez, admirava tua bela face, o charme de tuas palavras simples, iluminadas por teu sorriso. Foi a última vez que te ouvi expor tuas ideias.

Depois do jantar, só nos reencontramos no momento de partir. Fomos à estação (com Langevin e Brillouin, acho eu?). Voltamos para casa e eu me lembro de que, diante do portão, falamos outra vez daquele tema da educação que tanto nos interessava. Eu te disse que as pessoas com quem falávamos não haviam compreendido nossa ideia, que não viam no ensino das Ciências naturais nada mais do que a exposição de fatos usuais, não compreendiam de que se tratava, em nossa opinião, de transmitir às crianças um grande amor pela natureza, pela vida e, ao mesmo tempo, a curiosidade por conhecê-las. Tinhas a mesma opinião que eu, e sentimos que havia entre nós um entendimento mútuo raro e admirável; talvez tenhas me dito nesse momento, já não me lembro, mas quantas vezes me disseste, meu Pierre: "Temos realmente a mesma maneira de ver todas as coisas", ou frases análogas, de cujas palavras exatas agora não me lembro.

E eu te respondia: "Sim, Pierre, nós fomos mesmo feitos para uma existência em comum", ou algo do gênero. A lembrança do fim desse último dia me escapa, infelizmente [...]. Emma nos avisara que Ève estava passando mal. Eu te pedi que tirasses os sapatos para evitar qualquer barulho. De noite ela acordou e eu tive de niná-la em meus braços. Depois a deitei entre nós; eu te falei que ela precisava de nosso calor; disseste algumas palavras me animando a cuidar dela e consolá-la,

---

4 Eusapia Palladino era uma médium muito famosa. Intrigados, alguns cientistas, entre os quais Pierre e Marie Curie, haviam assistido a algumas de suas sessões.

e então a beijaste várias vezes. Ela dormiu pouco depois e eu pude deitá-la em sua cama. Irène havia sido acordada por Ève, mas voltara a dormir com facilidade. Não me lembro bem da manhã do dia seguinte. Emma voltou e tu a criticaste por não manter a casa bem o suficiente (ela havia pedido um aumento). Estavas saindo, tinhas pressa, eu estava cuidando das meninas, e foste embora perguntando em voz baixa se eu iria ao laboratório. Respondi que não sabia e pedi que não me atormentasses. E justo aí foste embora; a última frase que dirigi a ti não foi uma frase de amor e ternura. Depois, só te vi de novo morto [...].

Entro no salão. Dizem-me: "Morreu". Pode alguém entender tais palavras? Pierre morreu. Ele, a quem eu vira partir pela manhã. Ele, a quem eu esperava apertar entre os braços naquela tarde, eu só tornaria a vê-lo morto. E acabou-se, para sempre. Repito teu nome sem parar: "Pierre, Pierre, Pierre, meu Pierre", mas infelizmente isso não o fará vir, ele se foi para sempre, não me deixou nada além de desolação e desespero. Meu Pierre, eu esperei por ti ao longo de horas mortais, trouxeram-me os objetos que levavas contigo, tua pena, teu porta-cartões, teu moedeiro, tuas chaves, teu relógio, esse relógio que não parou quando tua pobre cabeça recebeu o choque terrível que a esmagou.

É tudo que me resta de ti, além de algumas velhas cartas e uns papéis. É tudo que recebi em troca do amigo doce e amado com o qual eu contava passar minha vida.

Trouxeram-te à tarde para mim. Primeiro eu beijei, no carro, teu rosto tão pouco mudado. Depois te levamos ao quarto de baixo e te pusemos na cama. E eu voltei a te beijar, ainda estavas macio e quase quente, e eu beijei tua mão querida que ainda se dobrava. Pediram-me que saísse enquanto te tiravam a roupa. Eu obedeci, transtornada, e não entendo como fui tão tola. Era a mim que cabia retirar tua roupa ensanguentada, ninguém mais deveria fazê-lo, ninguém mais deveria tocar-te, como não entendi de imediato? Compreendi mais tarde, e cada vez menos eu podia me separar de ti, e ficava mais e mais em teu quarto, e acariciava teu pobre rosto e o beijava.

Dias tristes e terríveis. Na manhã seguinte, a chegada de Jacques,[5] soluços e lágrimas. Então ambos, Jacques e eu, voltávamos constantemente para te ver, e as primeiras palavras de Jacques à beira de tua cama foram: "Pierre tinha todas as qualidades; não havia outro como ele". Nós nos entendíamos bem, Jacques e eu, sua presença foi um consolo para mim. Juntos permanecemos ao lado de quem mais nos amava, juntos nos lamentamos, juntos relemos as velhas cartas e o que restou de teu diário. Oh! Sinto tanto que Jacques tenha ido embora!

Pierre, meu Pierre, aí estás, calmo como um pobre ferido que descansa enquanto dorme com a cabeça enfaixada. E tuas feições ainda são doces e serenas, eis-te aqui ainda, preso num sonho do qual não podes sair. Teus lábios, que outrora eu chamava gulosos, estão pálidos e descoloridos. Teu cavanhaque grisalho. Mal dá para ver teu cabelo, já que a ferida começa bem ali e é possível ver levantado o osso de cima à direita da testa. Oh! Como padeceste, como sangraste, tua roupa está empapada de sangue. Que golpe sofreu tua pobre cabeça, que tantas vezes acariciei com minhas mãos. E novamente baixei as pálpebras que tantas vezes fechavas para eu beijar com um gesto familiar e que hoje recordo, e que verei apagar-se cada vez mais na memória. Mesmo a lembrança já é confusa e incerta. Oh! Como lamento a falta de memória visual que me impede de ter uma imagem clara do que desapareceu. Logo o único recurso serão teus retratos. Oh! Eu precisaria ter uma memória de pintor e escultor para que fosses sempre visível aos meus olhos, para que tua imagem querida não se apagasse jamais e me acompanhasse fielmente.

---

5 Irmão mais velho de Pierre Curie.

Lamento sentir que tudo que escrevo é frio e que não posso fixar por escrito a lembrança daquelas horas atrozes.

O que posso então esperar salvar do desastre e conservar para o futuro, a fim de dar sustento a minhas ideias perdidas?

1º de maio de 1906
Meu Pierre, tudo é desconsolo neste lar que deixaste. A alma da casa partiu, tudo é triste, desolador e sem sentido.

Nós te pusemos no caixão no sábado de manhã e eu segurei tua cabeça enquanto te transferíamos. Quem mais terias querido que segurasse essa cabeça? Eu te beijei, Jacques e André[6] também, deixamos um último beijo em teu rosto frio, mas como sempre tão querido. Depois, algumas flores sobre o caixão e meu pequeno retrato de "jovem estudante muito sábia", como você dizia, e do qual tanto gostavas. Era esse retrato que devia acompanhar-te no túmulo, pois era o retrato daquela que havias escolhido como companheira, daquela que teve a felicidade de agradar-te tanto que não hesitaste em lhe fazer a oferta de compartilharem a vida, apesar de não tê-la visto mais do que umas poucas vezes. E me disseste várias vezes que foi a única ocasião em tua vida na qual agiste sem qualquer hesitação, pois tinhas a convicção absoluta de agir bem. Meu Pierre, creio que não te enganaste [...], fomos feitos para viver juntos, e nossa união era certa. Infelizmente, ela teria apenas de ter durado mais.

Teu caixão é fechado depois de um último beijo e eu não te vejo mais. Não aceito que o cubram com aquele horroroso pano preto. Eu o cubro de flores e sento ao lado dele. Até o levarem, mal me afastei dele. Quero dizer aqui o que senti. Estava sozinha com teu caixão e coloquei a cabeça nele, apoiando

---

[6] O químico André Debierne era o mais próximo colaborador de Pierre e Marie Curie.

minha testa. E, apesar da imensa angústia que sentia, eu falava contigo. Disse que te amava e que sempre te amei com todo o meu coração. Disse que sabias disso e que eu te fizera a oferenda eterna da minha vida inteira; te prometi que jamais daria a nenhum outro o lugar que tiveras na minha vida e que tentaria viver como gostarias que eu o fizesse. E tive a impressão que daquele contato frio da minha testa com o caixão vinha uma espécie de calma e a intuição de que encontraria novamente a coragem de viver. Isso era uma ilusão ou terá sido um acúmulo de energia que vinha de ti e e se condensava no ataúde fechado, e isso me chegava por esse contato, como uma ação benigna de tua parte?

Vêm te buscar, público entristecido, olho para eles, não lhes dirijo a palavra. Nós te acompanhamos a Sceaux e te vemos descer à grande e profunda cova que deve receber teu último leito. Depois o terrível cortejo de pessoas, que se oferecem para nos levar. Mas Jacques e eu permanecemos, queremos ver até o fim; cobrem a fossa, depositam ramos de flores, tudo acabado, Pierre dorme seu último sono sob a terra, é o fim de tudo, tudo, tudo.

Não é, meu Pierre, que fiz bem de impedir em torno de teu funeral o barulho e as cerimônias que detestavas? Preferiste, tenho certeza, partir assim, sem agitação, sem demonstrações inúteis, sem discursos. Sempre amaste a calma. E, nos dois últimos dias em St. Rémy, me disseste mais uma vez que aquela tranquilidade te fazia bem.

Não sei o que se passou no fim do dia e durante a noite. Na manhã seguinte contei tudo a Irène, que estava na casa de Perrin.[7] Até o momento, eu lhe dissera apenas que seu pai sofrera um grande ferimento na cabeça e que ela não podia vir conosco. Ela ria e brincava ao lado de onde velávamos seu pai morto. Quando eu lhe disse — fiz questão de fazê-lo eu

---

7 O físico Jean Perrin morava na casa ao lado da dos Curie.

mesma, pois era meu dever de mãe —, ela não entendeu bem de início e me deixou ir embora sem nada dizer; mas depois, parece, ela chorou e pediu para nos ver. Ela chorou muito em casa, depois voltou à casa de seus amiguinhos para tentar esquecer. Não pediu nenhum detalhe e, no começo, tinha medo de falar do pai. Arregalava os olhos inquietos, perturbada com as roupas negras que eu usava. Na primeira vez em que ela dormiu novamente em casa, em minha cama, ao despertar pela manhã, meio dormindo, procurando-me com o braço, disse com uma voz chorosa: "Então ele não morreu?". Agora parece que ela não pensa mais nisso e, no entanto, pediu de volta o retrato do pai que havíamos retirado da janela de seu quarto. Hoje, ao escrever à sua prima, Madeleine, não falou dele. Ela logo se esquecerá por completo e, aliás, ela sabia quem era o pai dela? Mas a perda desse pai pesará sobre a existência dela, e nunca saberemos o mal que tal perda terá causado. Eu sonhava, meu Pierre, e te disse isso tantas vezes, que essa menina, que prometia se parecer contigo na expressão séria e tranquila, se tornaria o mais cedo possível tua companheira de trabalho, e que deveria a ti o melhor de si própria. Quem lhe oferecerá o que terias podido dar a ela?

Chegada de Jósef e Bronya.[8] São bons. Mas fala-se demais nesta casa. Bem se vê que não estás mais aqui, meu Pierre. Tu, que tanto detestavas barulho. Irène brinca com seus tios. Ève, que enquanto tudo estava acontecendo corria pela casa com uma alegria inconsciente, brinca e ri, todo mundo fala com ela. E eu vejo os olhos de meu Pierre em seu leito de morte e sofro. E parece que já estou vendo chegar o esquecimento, o terrível esquecimento, que mata até mesmo a lembrança do ser amado. E minha tristeza aumenta e eu me deixo absorver pela contemplação dessa visão interior.

---

8 Jósef Skłodowski era irmão de Marie Curie e Bronisława Dłuska, sua irmã.

Agora a casa está mais tranquila, Jacques e Jósef se foram, minha irmã partirá amanhã. Ao meu redor, as pessoas vão se esquecendo. Quanto a mim, tenho momentos de insensibilidade quase completa, e o que me surpreende muito é que consigo trabalhar, às vezes. Mas os momentos de placidez são raros, e há sobretudo um sentimento de desamparo obsessivo, com momentos de angústia, e também uma inquietude, e às vezes tenho a ideia absurda de que tudo isso é uma ilusão e que vais voltar. Não tive ontem, ao ouvir a porta fechar, a ideia absurda de que eras tu?

Eu e minha irmã queimamos tua roupa do dia da catástrofe. Numa fogueira enorme eu jogo os farrapos de tecido recortados com os grumos de sangue e os restos de miolos. Horror e miséria. Eu beijo o que resta de ti para além de tudo isso, gostaria de me embriagar com meu sofrimento, bebê-lo depressa, para que cada um de teus sofrimentos repercuta em mim, não obstante meu coração exploda.

Na rua, caminho como hipnotizada, sem cuidado algum. Eu não me mataria, nem sequer tenho o desejo de me suicidar. Mas, entre todos aqueles carros, não haveria talvez um que me fizesse partilhar do destino de meu amado?

Na manhã do domingo seguinte à tua morte fui ao laboratório pela primeira vez, com Jacques. Tentei fazer uma medição, para uma curva da qual cada um de nós havia traçado alguns pontos. Mas depois de um tempo me senti impossibilitada de continuar. No laboratório havia uma tristeza infinita, e o lugar parecia um deserto. Depois voltei até lá e fiz o mais urgente com [...] os ajudantes de Pierre. Fiz também alguns cálculos para organizar as últimas notas de tua caderneta de laboratório, relativas à dosagem da emanação, e me ocupei da curva de decaimento desta. Tudo varia de acordo com o momento. Há vezes em que parece que não sinto nada e posso trabalhar, depois a angústia vem, e com ela o desânimo.

Oferecem-me que te suceda, meu Pierre, em teu curso e na direção de teu laboratório. Aceitei. Não sei dizer se isso é bom ou mau. Muitas vezes me disseste que gostarias que eu desse um curso na Sorbonne. E eu gostaria de fazer ao menos um esforço para continuar nossos trabalhos. Às vezes acho que assim será mais fácil viver; mas há momentos em que penso que sou louca por aceitar essa empresa. Quantas vezes não te disse que, se não te tivesse ao meu lado, provavelmente eu não trabalharia mais? Eu depositava em ti todas as minhas esperanças de trabalho científico e eis que não me atrevo a continuar sozinha. Tu me dizias que eu não devia falar assim e "que seria necessário continuar de qualquer maneira", mas quantas vezes tu mesmo não me disseste que, se não me tivesses mais, talvez ainda trabalhasses, porém não serias "mais do que um corpo sem alma"? E eu, onde encontrarei eu uma alma, se a minha partiu contigo?

[...]

7 de maio de 1906
Meu Pierre, a vida é atroz sem ti, sinto uma angústia que não tem nome, um desalento sem fim, uma desolação sem limites. Não estás mais aqui há dezoito dias, mas não deixei de pensar em ti um só instante, salvo quando eu dormia. Nem um só momento em que estou acordada abandonas meus pensamentos: tenho cada vez mais dificuldade de pensar em outra coisa e, por conseguinte, de trabalhar. Ontem, pela primeira vez desde aquele dia fatídico, uma palavra engraçada dita por Irène me fez rir, mas eu me sentia mal mesmo rindo. Lembras de como te reprovaste por rir alguns dias depois da morte de tua mãe? Tu me disseste com uma voz aflita: "Minha querida, o ursinho riu"; e eu te consolei da melhor maneira que pude. Estávamos sentados na cama de nosso quarto da Rue de la Glacière. Meu Pierre, eu penso em ti sem trégua nem fim, minha cabeça

explode e minha razão se turva. Não compreendo que a partir de agora eu tenha de viver sem te ver, sem sorrir ao meu doce companheiro de vida, ao meu amigo tão terno e devotado.

Lembras de como cuidavas de mim quando eu ficava doente durante as gestações?

[...] Meu Pierre, eu te amava e não sei como viver sem ti. Há dois dias vi que as árvores têm novas folhas e que o jardim está bonito. Esta manhã fiquei olhando admirada as meninas, como estão lindas. Pensei que tu também as acharias belas e que terias me chamado para me mostrar as vincas e os narcisos em flor. Ontem estive no cemitério. Não conseguia compreender as palavras "Pierre Curie" gravadas na lápide. O sol e a beleza do campo me faziam mal, e levei meu véu para ver tudo através do tecido. Pensei também que estavas mais tranquilo no cemitério de Sceaux do que em qualquer outro lugar [...].

Meu Pierre, assim como meu coração se agarra à lembrança de tua imagem querida, parece-me que o esforço de meu sofrimento deveria bastar para arrebentá-lo e dar fim à minha vida, da qual te foste.

Meu belo, meu bom, meu querido Pierre amado. Oh! Sinto saudade de te ver, de ver teu sorriso bondoso, teu rosto suave, de ouvir tua voz grave e doce e de nos apertarmos um contra o outro como fazíamos sempre. Pierre, eu não posso, não quero suportar isso. A vida não é possível. Ver-te sacrificado dessa forma, tu, o mais inofensivo, o mais justo, o mais benévolo, o mais devotado, oh, Pierre, eu não terei jamais lágrimas suficientes para chorar tudo isso, jamais terei pensamentos suficientes para me lembrar, e tudo que posso fazer e sentir é inútil diante de tal tragédia [...].

Tento retomar minha vida, mas penso que seja uma ilusão, e esta nem sequer é completa. No fundo de mim mesma subsiste a consciência do que ocorreu, e sou como qualquer pessoa que tenta se enganar e que mal e mal consegue isso. Eu me dou conta, no entanto, de que, se pretendo ter a menor chance de êxito em meu trabalho, é necessário que eu não pense mais em minha desgraça ao trabalhar. Mas não só não acredito que neste momento eu seja capaz disso, como a simples ideia de que tal coisa possa ocorrer me repugna. Parece-me que, depois de ter perdido Pierre, eu não deveria nunca mais poder rir com gosto até o fim de meus dias.

11 de maio de 1906, de manhã
Meu Pierre, levanto depois de ter dormido bem, relativamente tranquila, passado apenas um quarto de hora de tudo isso, e vê só: mais uma vez tenho vontade de uivar como um animal selvagem.

14 de maio de 1906
Meu pequeno Pierre, queria te dizer que as chuvas-de-ouro estão em flor, que as glicínias, o espinheiro branco e os lírios estão começando, adorarias ver tudo isso e te aquecer ao sol. Quero te dizer também que fui nomeada para o teu cargo e houve imbecis que me parabenizaram. E também que continuo vivendo desolada e que não sei o que será de mim nem como suportarei a tarefa que me resta. Por vezes parece que minha dor ameniza e adormece, mas logo depois renasce tenaz e poderosa.

Quero te dizer que não gosto mais do sol nem das flores, a vista delas me faz sofrer, sinto-me melhor nos tempos sombrios como no dia de tua morte, e, se não odeio o bom tempo, é porque minhas filhas precisam dele.

[...]

No domingo pela manhã fui ao túmulo de meu Pierre. Mandarei construir um jazigo e será preciso remover o ataúde.

Trabalho no laboratório todos os dias, é tudo que posso fazer: lá fico melhor do que em qualquer outro lugar. Sinto cada vez mais que minha vida contigo terminou irrevogavelmente.

Meu Pierre, tudo passou e fica cada vez mais distante de mim; só me restam a tristeza e o desânimo. Eu não concebo mais nada que possa me dar uma verdadeira alegria pessoal, salvo talvez o trabalho científico; e ainda assim nem isso, pois, se eu obtivesse sucesso, ficaria deprimida porque não tomarias conhecimento dele. Mas este laboratório me dá a ilusão de preservar um resto de tua vida e as marcas de tua passagem.

Encontrei um pequeno retrato teu ao lado da balança, retrato de amador, certamente, e em absoluto uma obra de arte, mas com uma expressão sorridente tão bela que não pude vê-lo sem que os soluços se agitassem em meu peito, pois nunca mais voltarei a ver esse doce sorriso.

10 de junho de 1906
Choro muito menos e minha dor é menos aguda, no entanto não te esqueço. Tudo é triste ao meu redor. As preocupações da vida não me deixam nem mesmo pensar com tranquilidade em meu Pierre. Contudo, procurei manter um grande silêncio à minha volta, me fazer esquecer por todos. Apesar disso, mal posso viver com meus pensamentos. A casa, as crianças e o laboratório me dão preocupações constantes. Mas em momento algum eu me esqueço de que perdi Pierre, sempre que posso concentro meu pensamento nele, e espero com impaciência o momento em que consigo fazê-lo. Eu o vi ser transportado no caixão que o encerra no jazigo provisório. Ele estava tão perto de mim, eu gostaria tanto de vê-lo. Esse caixão que guarda aquilo que eu tinha de mais caro no mundo, como lamento que vá novamente ser lacrado sob a terra. Sinto necessidade de ir ao cemitério. Ali estou mais perto de Pierre e mais tranquila para me perder em meus pensamentos. Eu suporto a vida, mas creio que nunca mais poderei gozar dela, apesar do que me resta. Pois não tenho por natureza uma alma alegre ou serena e me aferrava à doce serenidade de Pierre para dali extrair ânimo, e essa fonte secou.

Tu eras a encarnação do charme e da nobreza e de todos os dons mais divinos. Nunca, antes de conhecer-te, eu havia visto um homem como tu e desde então jamais vi um ser humano tão perfeito. Se eu não te tivesse conhecido, nunca teria sabido que seria possível algo assim existir no mundo real.

6 de novembro de 1906
Ontem dei a primeira aula substituindo meu Pierre. Que desolação e que desespero! Terias ficado feliz em me ver como professor [sic] na Sorbonne, eu mesma o teria feito por ti com gosto. Mas fazê-lo em teu lugar, oh, meu Pierre, crueldade maior não há. Como sofri, como estou desanimada. Sinto que a faculdade de viver morreu em mim, não tenho nada mais além do dever de criar minhas filhas e continuar a tarefa que aceitei. Quiçá seja também o desejo de provar ao mundo e sobretudo a mim mesma que aquela a quem amaste realmente valia algo. Tenho também uma vaga esperança, bem fraca, desafortunadamente, de que talvez tenhas conhecimento de minha vida de dor e esforços e que te sentirás grato, e talvez assim eu te encontre mais facilmente na outra vida, se houver uma. Se assim for, tomara que eu consiga te dizer que fiz todo o possível para me mostrar digna de ti. Eis aí a única preocupação atual em minha vida. Já não quero mais pensar em viver para mim mesma, não tenho nem o desejo nem a faculdade para isso, não me sinto mais viva nem jovem, não sei mais o que é a alegria ou mesmo o prazer. Amanhã completo 39 anos. Embora esteja decidida a não viver mais para mim mesma e a nada fazer nesse sentido, provavelmente ainda me reste um pouco de tempo para realizar ao menos em parte as tarefas que me impus.

De manhã, antes do curso, fui ao cemitério, diante da tumba onde estás. Havia muito que não ia, por causa da estada em St. Rémy e dos preparativos para o meu curso. Poderei ir bastante quando me mudar para Sceaux, pois creio que lá poderei pensar em ti com mais tranquilidade do que em outros lugares, onde a vida me distrai constantemente.

Abril de 1907
Faz um ano. Vivo para as tuas meninas, para o teu pai idoso. A dor é surda, mas segue viva. A carga pesa sobre meus ombros. Quão doce seria dormir e não acordar mais. Como são jovens minhas pobres pequeninas! Como me sinto cansada! Ainda terei coragem para escrever?

Créditos das imagens

p. 11 Natasja Weitsz/Getty Images
p. 13 Science Source/Getty Images
p. 39 [esq.] Hulton Archive/Getty Images
p. 41 [dir.] Kevin Cummins/Getty Images
p. 42 Frederick M. Brown/Getty Images
pp. 69-70 Paula Rego
p. 93 English School — Art Images/Getty Images
p. 142 Fraguas de Pablo, Antonio/Autvis, Brasil, 2018
p. 160 Keith Saunders/ArenaPAL

Arquivo Rosa Montero: pp. 41 [esq.], 62, 98, 118, 164, 183

Direitos reservados: pp. 20, 31, 33, 37, 39 [dir.], 43, 46, 52, 54-5, 66, 81, 83, 85, 90, 108, 111, 113, 125, 134, 136, 145, 165, 169

La ridícula ideia de no volver a verte © Rosa Montero, 2013

Todos os direitos desta edição reservados à Todavia.

Grafia atualizada segundo o Acordo Ortográfico da Língua Portuguesa de 1990, que entrou em vigor no Brasil em 2009.

capa
Luciana Facchini
imagem de capa
Vânia Mignone, Fotografia de Edouard Fraipont,
Cortesia de Casa Triângulo
tratamento de imagens
Carlos Mesquita
composição
Marcelo Zaidler
tradução do posfácio
Francesca Angiolillo
preparação
Silvia Massimini Felix
revisão
Jane Pessoa
Eloah Pina

14ª reimpressão, 2024

Dados Internacionais de Catalogação na Publicação (CIP)

Montero, Rosa (1951-)
A ridícula ideia de nunca mais te ver / Rosa Montero ; tradução Mariana Sanchez. — 1. ed. — São Paulo : Todavia, 2019.

Título original: La ridícula idea de no volver a verte
ISBN 978-85-88808-84-3

1. Literatura espanhola. 2. Romance. I. Sanchez, Mariana. II. Título.

CDD 860

Índice para catálogo sistemático:
1. Literatura espanhola : Romance 860

Bruna Heller — Bibliotecária — CRB 10/2348

todavia
Rua Luís Anhaia, 44
05433.020 São Paulo SP
T. 55 11. 3094 0500
www.todavialivros.com.br

fonte
Register*
papel
Pólen natural 80 g/m²
impressão
Geográfica